KB235880

# 떠도는 그림자들

마지막 왕국 Dernier royaume I

LES OMBRES ERRANTES - Dernier royaume I
Pascal Quignard

파스칼 키냐르 소설

# 떠도는 그림자들
## Les Ombres errantes

마지막 왕국 Dernier royaume I

송의경 옮김

문학과지성사
2003

떠도는 그림자들 *Les Ombres errantes*

초판  1쇄 발행  2003년 9월 28일
초판 10쇄 발행  2025년 7월 25일

지은이  파스칼 키냐르
옮긴이  송의경
펴낸이  이광호
펴낸곳  ㈜**문학과지성사**
등록번호  제1993-000098호
주소  04034 서울 마포구 잔다리로7길 18(서교동 377-20)
전화  02) 338-7224
팩스  02) 323-4180(편집) 02) 338-7221(영업)
전자우편  moonji@moonji.com
홈페이지  www.moonji.com

ISBN  89-320-1450-7

차례

# 제1장

수탉의 울음 소리, 새벽, 개 짖는 소리, 밝아오는 아침, 잠이
깨어 일어나는 사람, 자연, 시간, 꿈, 명료한 의식, 이 모두가 가차
없는 것들이다.

어떤 책들의 알록달록한 표지에 손이 닿으면 언제나 내 마음
속에서 고통스러운 감정이 복받쳐온다.

나보다는 책읽기가 더 좋았던 한 사람. 나를 두 살 때까지 돌
봐주던 젊은 독일 여자. 그녀가 내 옆에서 책을 읽는다는 사실은
내가 그녀 곁에서 느끼는 기쁨을 맛볼 수 없게 했다. 책을 읽을
때의 그녀는 내 옆에 있는 것처럼 여겨지지 않았기 때문이다. 그
녀는 여기 있지 않았다. 이미 떠나고 없었다.

다른 곳에 있었다.

책을 읽는 동안 그녀가 머무르던 곳은 다른 왕국이었다.

내가 아직 말을 못하던 그 시기가 떠오르자, 불현듯 목이 메
어온다. 그 시기는 내가 영원히 찾을 수 없는 다른 세계를 감추고

있다. 일종의 소리 없는 흐느낌 때문에 숨이 막힐 지경이었다.

나는 더 이상 음식을 삼키지 않았다.

입으로 다가오는 단 한 숟가락도 한 젓가락도 더는 참을 수가 없었다.[1]

책들이 나를 끌어당기는 힘은 다른 독자들에게 행사하는 인력(引力)보다 더욱 신비하고 절대적인 것이며, 내 평생 그럴 것이다. 나는 집어 들었던 알록달록한 표지의 고서(古書)를 부랴부랴 제자리에 꽂는다. 그리고 책방의 서가(書架)를 떠난다. 나는 더 이상 말을 할 수가 없다. 그때와 마찬가지로. 말하는 위험을 무릅쓰고 싶지 않다. 발걸음을 재촉하며 인도(人道)를 걷는다. 나는 도시의 어둠 속으로 들어가 멀어지다가 사라진다.

*

태초의 사과 한 쪽이 내 목구멍 한가운데 박혀 있다.

*

오랜 기간 사용하고 세월, 그리고 햇빛과 먼지로 인해 낡아서 너덜너덜해진 가르니에 판(版) 라틴어-프랑스어 2개 국어로 씌어진 고서들.

---

[1] 키냐르는 18개월 때 자폐증으로 언어 습득과 먹기를 거부한 적이 있었다.

내가 가르니에 출판사의 이 고서들 중 한 권에서 읽은 바에 따르면, 티베리우스 황제[2]는 끊임없이 자신을 사로잡는 호기심을 부추길 목적으로 *라벨titulus*을 붙이지 않은 노란색 일색의 원통들—수집하던 포르노 판화 두루마리들을 정돈하기 위한—을 요구했다고 한다.

그는 자신이 멀리하던 제국 안에서 방황하였다.

도시를 싫어하는 늑대, 치욕의 황제인 그는 제국에 속하기를 원치 않았으며, 신을 죽였고, 로마 자체를 멀리하였다.

그는 카프리[3]에서 가장 높은 곳, 바다 위로 솟은 암벽의 그늘에서 사는 것을 더 좋아했다.

*

숨어서 살기—*숨어서late*—루크레티우스[4]가 한 말이다.

몸을 숨기고*Larvatus*,[5] 데카르트의 말이다.

---

**2** 티베리우스Tiberius Claudius Nero Caesar(B.C. 42~A.D. 37): 제2대 로마 황제(14~37). 초기에는 선정을 베풀었으나, 친위대장 세야누스에게 통치를 맡기고 카프리 섬으로 은퇴했다. 31년 세야누스가 제위 찬탈을 음모하자 그를 처형하고 나서도 티베리우스는 만년을 대부분 카프리 섬에서 지냈다. 후반의 공포 정치와 긴축 재정 단행 및 친밀성 없는 성격 때문에 그는 민중의 지지를 얻지 못했다.
**3** 이탈리아 남부 티레니아 해에 있는 섬.
**4** 루크레티우스Titus Lucretius Carus(?~?): B.C. 1세기에 활동한 고대 로마의 시인, 철학자. 장편시 『사물의 본성에 대하여*De natura rerum*』로 유명하다.
**5** 데카르트의 "나는 몸을 숨기고 전진한다J'avance masqué"에 대한 언급.

　*

　1618년이었다. 당시 르 세르[6] 기사는 겨우 소년기를 벗어날 무렵이었으며, 이 세상을 두루 돌아볼 뜻을 품고 황군(皇軍)에 지원병으로 입대했다. 그는 브레다[7]의 기지로 가서 기욤 르 타시튀른과 합류했다.

　그곳에서 13개월 간 체류했다.

　네 사람이 친구가 되었다. 그들은 내무반 동료들로서 입대 순으로 무슈 드 좀, 르네 데 카르트,[8] 나탕 르 세르, 이사크 베크만이었다. 1648년 8월 27일 바리케이드가 쳐지던 날, 데 카르트 기사는 황급히 파리를 떠났기 때문에, 아브라함이라는 별명을 가진 르 세르도 자크 에스프리도 만나지 못했다. 레이덴[9]에 도착한 그는 다시는 프랑스로 돌아가지 않겠다고 말했다. 1649년 3월 31일자 서신에서 데 카르트 기사는 샤뉘[10]에게 이렇게 말하고 있다.

---

**6** 키냐르의 소설 『부부간의 사랑』(1994)에 처음 등장했던 허구의 작중인물. 본명은 '나탕 르 세르'인데, 포르투갈과 네덜란드로 도망다닐 때 '아브라함 반 베르헴'이라는 가명을 사용한다. 그후 『로마의 테라스』(2000)에서 가명으로 다시 등장한 바 있다.

**7** 네덜란드의 도시.

**8** 데카르트René Descartes(1596~1650): 프랑스의 철학자, 수학자. 투렌 지방에서 출생. 1618년 지원 장교로서 네덜란드 군에 입대하여 의사 베크만과 교분을 쌓으면서 물리수학의 연구에 대한 자극을 받고 보편수학을 구상하게 된다. 데카르트의 완전한 성(姓)은 데카르트 뒤 페롱Descartes du Perron이며, 기사 작위를 지닌 귀족 집안 출신이다. 데카르트Descartes는 데 카르트Des-Cartes로 표기되기도 하는데, 키냐르는 전자와 후자를 병용하고 있다.

**9** 네덜란드의 서부, 헤이그의 북동부에 있는 도시.

**10** 샤뉘Hector-Pierre chanut: 1649년 당시 스웨덴 주재 프랑스 대사. 그의 주선으로 데카르트는 스웨덴 여왕 크리스티나의 궁정에 초대되어 여왕에게 철학을 강의하고, 스웨덴

"그들은 내가 다시 프랑스로 돌아오기를 바라고 있어. 헌데 그 이유는 마치 내가 표범이라도 되는 듯 나를 구경거리로 내보이고 싶기 때문이라는 생각이 드네."[11] 그는 서쪽 운하변에 있는*in den Westerheerckstraet* 성당 옆의 작은 집에 대한 사무친 그리움을 토로하고 있다. 그가 프란칭게[12]의 성적(性的) 호의를 외면했던 것도 바로 그해였다. 하지만 완전히 감춰진 한 생애에서 그것이 더 고결한 삶이라는 결론을 끌어낼 수는 없다.

학술원의 설립 법안을 만들었다. 그후 폐렴에 걸려 1650년 54세의 나이로 사망할 때까지 스톡홀름의 프랑스 대사관에서 샤뉘가 그를 보살폈다.

**11** 이 구절은 저자가 편지의 일부를 발췌, 변형하여 키냐르식으로 인용한 것이다.

**12** 프란칭게는 데카르트의 딸 이름이다. 키냐르는 데카르트의 아내 이름을 딸의 이름과 혼동한 것으로 보인다.

## 제2장

나는 떨리는 사고(思考)만을 추구한다. 붉은 반점은 영혼의 내부에 속한다. 『금병매(金甁梅)』[1]의 제6권에서는 느닷없이 학자 원비구가 나타난다. 그의 나이는 마흔이 채 못 되었다. 그는 학자다운 의관을 갖추고, 뺨과 턱과 입술에 어울리는 흰 치아를 지니고 있다. 시엔칭이 그에게 인사를 한다. 시엔칭은 그를 응접실로 올라와 앉게 한다. 그에게 마실 것을 주면서 몸을 굽혀 묻는다.

"그대의 이름은 무엇이오?"

원비구가 대답한다.

"나의 비천한 이름은 비구(比古: 고대인들을 모방할 필요성)라 하오. 내 성(姓)은 르신(日新: 나날이 새로워지다)이올시다."

두 사람은 횃불 아래서 차를 마신다.

---

[1] 중국 명나라(1368~1644) 때의 장편소설. 작자 미상인 최초의 사실적인 사회소설로서 전편(全篇)이 100회에 달한다.

*

이 학자의 이름이 지닌 이중 명령*double-bind*은 이러하다. 즉 나는 고대인들의 작품을 모방할 필요성에서 나날이 새로워진다.

*

원비구라는 이름은 노자(老子)——노(노인)와 자(아이)——라는 이름을 떠올리게 한다. 이 학자는 차례로 노인의 아이였다가 늙은 아이가 된다.

고대 중국인들은, 노자가 어머니의 자궁 속에서 80년을 기다린 후에 바람과 빛 속으로 침투할 결정을 내렸노라고 말한다.

노자는 명백히 *태생 동물viviparus*이다.

*

출생 이전의 한 삶이 있다. 출생으로 인해 추정이 가능한 삶.

이 세상 이전의 한 세상이 있다. 이 세상에 불쑥 나타나는 세상.

*말 못하는 존재infans* 이전의 *태아fœtus*가 있다.

*어린이puer* 이전의 말 못하는 존재*infans*가 있다.

시간에는 언어가 없는 이전(以前)이 계속해서 생긴다. 그런게 시간이다.

정체성이 확립되기 이전의 *태아*, 말 못하는 존재, 이 둘 모두에게 언어가 없다.

*

모든 장면의 기원이며, 비가시적 세계에서 언어 없이 연출되는 장면은 끊임없이 활동 중인 당대의 관심사이다.

*

자신을 소개한 다음에, 원비구는 시엔칭에게 낮은 목소리로 말한다.

"나는 송림(松林)과 먹물의 실개천들 사이로 이리저리 거닐다 간혹 싫증이 날 때면 사각모를 내려놓고 고서(古書)들의 냄새에서 벗어나지요. 그리고 비단 바지춤에 한 손을 밀어 넣고 눈을 감아요. 이윽고 신의 눈물이 솟아납니다. 그러면 코를 갖다 대고 옛날의 냄새를 맡아요. 이런 게 내 삶이라오."

*

황금 머리카락 세 올은 악마의 것이다. 주인공이 지옥으로 내려간다.[2]

*

　가장 먼 과거는 가장 압축된 폭발 에너지이다. 강렬한 모든 추억은 힘과 유사하다.

*

　하나는 추론하는 것이고, 다른 하나는 보고, 자신이 본 것을 책에 옮겨 적는 것이다. 아빌라[3]에 있는 산호세 수녀원의 테레사[4]가 한 말이다. "육체의 이미지나 무의식적으로 떠오르는 이미지에서 욕망을 배제시켜서는 안 된다. 이미지가 욕망을 키운다."

*

　우리의 몸을 감싸는 모든 어둠이 우리가 절대로 볼 수 없는 장면의 어둠인 까닭은 그 장면이 우리의 근원에 있기 때문이다.
　우리는, 우리가 되기 이전에, 우리를 만들던 사람들, 우리를 만들던 무엇, 그 무엇이 만들어진 방식을 듣도 보도 못했다. 간혹

---

2 그림 형제의 동화 『악마의 황금 머리카락 세 올』 참조. 열네 살이 되면 공주와 결혼하게 되리라는 예언을 완수하기 위해 가난한 집안의 아들인 주인공은 지옥으로 내려가서, 세 가지 어려운 문제를 풀고 악마의 황금 머리카락 세 올을 구해서 돌아온다.
3 에스파냐의 도시. 마드리드에서 서쪽 87킬로미터에 위치해 있다.
4 성녀 테레사Sainte Teresa(1515~1582): 에스파냐 아빌라 태생의 수녀. 많은 수녀원과 수도원을 설립한 전설적인 인물.

자신들이 존재하기 이전에 자신들은 존재하지 않았음을 망각하는 사람들이 있다.

그런데도 우리는 거짓말을 한다. 대기의 공기를 필요로 하는 존재가 되기 이전에, 밝은 태양빛으로 인해 두 눈을 뜨기 이전에, 우리는 어둠 속에서 무슨 소리를 들었다고 언제나 믿고 있다.

우리는 어둠 속에서 만들어졌다. 수동적으로 어둠 속에서. 우리는 어둠이라는 눈꺼풀이 없는 귀의 열매들이다.

*

*In umbra voluptati lusi.*
어둠 속에서 나는 쾌락을 누렸다.
아주 간단한 이 말은 페트로니우스[5]의 말이다.
이 말을 좀더 정확하게 옮길 필요가 있다. 나는 어둠 속에서 성적 향유를 누렸다.

*

어둠 속의 쾌락*In umbra voluptati.*
쾌락의 그림자. 태어나고 있는 동안 우리는 아직 쾌락의 그림자들이다.

---

**5** 페트로니우스Caius Petronius Arbiter(?~65): 로마 제정 시대 작가. 당시 문란했던 사회상을 묘사한 『사티리콘』이라는 풍자소설을 남겼다.

*명상적 삶에 대하여De vita contemplativa*: 요람. 활동하지 않고, 유폐류(有肺類)에 겨우 속하는, 나체 속에 꼭꼭 눌려 빽빽하게 들어차 있는 생명들.

그것은 고대 에트루리아[6]의 신화에 나오는, 어린애만 한 체구에 머리는 허옇게 센 현자 타게스이다.

마지막 왕국의 왕.

말이 없으며 말을 못하는*infans* 타게스 왕이 책들을 남겼다. 『타게스의 책들*Libri Tagetici*』.

6 이탈리아 아펜니노 산맥의 서쪽과 남쪽의 테베레 강과 아르노 강 사이에 있는 지방. 지금의 토스카나 지방에 해당한다.

# 제3장

스스로 자신의 제삼자가 되는 것은 언어의 구조에 속한다.

사상가와 마찬가지로 작가도 자신 안의 진정한 서술자가 누구인지 알고 있다. 그것은 바로 '형식화'다.

내가 하는 일은 스스로 무게를 지니고pesant, 사유하고pensant, 몸을 기울고penchant, 자신을 소진시키는dépensant 언어의 작업이다.

# 제4장

새벽빛이 갑자기 그리고 순식간에 솟아올랐다. 그 빛은 단번에 황금빛 입자들을 퍼뜨렸다. 구름 가장자리로, 산봉우리로, 나무 꼭대기로, 급류에서 튀어오르는 물 위로. 일시에 모든 것이 잠에서 깨어났다. 폭격기의 조종사들 역시. 그들도 몸을 떨었다. 그리고 일어섰다.

1941년 12월 7일, 기독교인들이 자신들의 우상인 하느님께 가서 사랑을 드리는 날인 일요일, 새벽이 밝자 188대의 폭격기가 하와이 해안에 도착했다.

조종사들은 진주만 상공을 비행한다. 18척의 함선을 침몰시키고, 357대의 비행기를 파괴하며,[1] 2,403명의 사람들을 죽인다.

공포에 사로잡힌 사람들은 꼼짝없이 당하고 있다. 아무 말도 하지 못한 채.

---

1 브리태니커 사전에 따르면 진주만 공격에서 일본 함대가 출격시킨 폭격기는 360대, 그로 인해 파괴된 미국 비행기는 180여 대이다. 키냐르는 두 숫자를 바꿔 기록하고 있다.

조종사들은 자신들이 행한 파괴를 향해 몸을 숙인다.

*

바벨 탑보다 더 높은 두 개의 탑이 *바미얀²의 거대한 석불들*처럼 무너지고 말았다.

*

세계 대전 규모의 최초의 내란.

*

당신들의 발걸음이 비틀거리기 시작했다(*labavit gressus*). 시선은 흔들리기 시작했다(*caligavit aspectus*). 속도 메슥거리기 시작했다(*tremuerunt viscera.*). 손들은 제 무게를 못 견디고 처지기 시작했다(*brachia conciderunt*). 살랑대던 혀가 움직이지 않았으므로(*lingua haesit*) 간신히 하려는 말만 우물거렸다. 그때 우리는 제단으로 인도되어 가는 당신들의 모습을 보았다. 우상에게 제물을 바치러 제단으로 간 당신들은 마치 당신들 자신이 제물로 바쳐지는 것처럼 풀이 죽어 떨고 있었다(*ara illa quo*

---

2 아프가니스탄 중부의 도시. 석굴사원의 대암벽 중앙부에 38미터의 대불이, 서쪽 끝 가까이에 56미터의 대불이 조각되어 있다.

*moriturus accessit, rogus illi fuit)*.

＊

(제국이나 종교의) 영토로 몰수된 땅.

더 이상 땅으로 여겨지지 않는, '인간의' 세계, '신의' 세계, '단일한' 세계에서 사라져버린 땅.

뿌려진 씨에서 나온 자가 씨를 알아보지 못하는 자연.

기원을 잃어버린 존재.

＊

마시용[3]의 말. "제 자식에게서 자신과 닮은 모습을 알아보지 못하는 그런 아비가 어디 있는가? 자식이 버림받는 일이 없다면, 버림받은 자식이 하늘에다 요구하는 아비는 대체 어디 있단 말인가? 우리가 버림받음과 불안, 열정, 임종의 밤을 껴안지 않는다면, 우리는 잘못 다듬어져 건물에 끼지도, 아무짝에도 소용없는 질 나쁜 돌로 만들어진 닮지 않은 형상들에 지나지 않는다."

---

**3** 마시용-Jean-Baptiste Massillon(1663~1742): 프랑스의 설교자, 사제, 수사학 교수.

# 제5장  노르트스트란트

아르노[1]와 니콜[2]은 아르덴[3] 지방에 숨었다. 그들은 자신들이 이 세상의 땅 속에서 눈에 띄지 않고 앞으로 나가려 애쓰는 두 마리 두더지라고 말했다.

볼테르의 말에 따르면 자유롭게 글을 쓰는 기쁨이 아르노에게는 모든 것을 대신하는 일이었다고 한다.

포르루아얄 수도원은 미국의 한 섬을 사들여, 박해받은 청교도들이 했던 것과 마찬가지로, 그곳에 정착할 계획을 구상했다.

그들은 홀슈타인 해(海)[4]의 섬 노르트스트란트에 눈독을 들였다.

1 아르노Antoine Arnauld(1612~1694): 프랑스의 신학자. 장세니슴(자유 의지와 예정설에 관해 이단설을 주장한 가톨릭 운동)의 주요 창시자이며 지도자이다.
2 니콜Pierre Nicole(1625~1695): 프랑스의 신학자이며 저술가. 장세니슴의 본거지였던 포르루아얄데샹에서 문학과 철학을 가르쳤으며, 1662년에는 아르노와 공동으로 『포르루아얄 논리학』을 집필했다.
3 서부 유럽에 있는 숲으로 덮인 고원 지대. 프랑스 북동부 샹파뉴아르덴 지방의 일부도 여기 속한다.
4 홀슈타인 간빙기에 바닷물이 유입되어 북해와 발트 해 분지에 형성된 바다를 가리킨다.

＊

　나는 지도에서 노르트스트란트라는 이름을 찾는다. 홀슈타인 해안을 찾는다. 그런 바다가 이 세상에 없다는 게 이상한 일이 아니라는 사실을 문득 깨닫는다. 잃어버린 것은 어디 있는가? 잃어버린 것이 사라진 곳, 바로 거기에 *마지막 왕국*이 있다. 나는 루아르 강의 출렁이는 파도에서 그 그림자의 일부를 찾았다. 그런 다음 머릿속으로 그림자를 상상했다. 그러자 그림자가 반갑게 나를 맞이했다.


＊


　1673년 랑세[5]는 레츠[6]에게 보내는 편지에 다음과 같이 썼다. "모든 게 무섭게 빠른 속도로 달아나는군요."

　랑세의 또 다른 말. "시간은 사라졌습니다."

　사라진 것이 지배하는 왕국과 마찬가지인 인간의 시간, 그 시간의 흔적들은 무섭게 빨리 지워지면서 우리 모두를 휩쓸어간다. *흔적들을 사라지게 하는 빠른 속도가 모든 것을 소멸시킨다.*

**5** 랑세Armand-Jean Le Bouthillier de Rancé(1626~1700): 프랑스의 수도원장. 엄격한 소식(小食)과 고행을 비롯하여 찬송할 때를 제외하고는 완전 침묵을 실천한 트라피스트 수도회(개혁파 시토 수도회)를 설립하였다.
**6** 레츠Jean-François Paul de Gondi, cardinal de Retz(1613~1679): 프랑스의 성직자. 추기경을 지냈으며, 프롱드의 난(1648~1653)으로 알려진 귀족 반란의 지도자 중 한 사람이다. 그의 회고록은 17세기 프랑스 문학의 고전으로 남아 있다.

종교전쟁이든 내란이든 간에 전쟁의 혼란 속에서 모두가 자신과 더불어 사라지게 될 유년기만을 몽상하는 것처럼 보인다.

남자들과 여자들은 즉시 생식기의 쾌락을 잊고 다시금 겁에 질린다. 그토록 오래 지속된 유년기에서 아직 의미가 분절되지 않은 시간이 흐르는 동안 줄곧 막연한 기다림에 스며 있는 공포.

노인이 되어서도 그들은 자진해서 어린애가 될 정도로 유년 기를 되풀이한다. 그들은 같은 말을 되뇌면서 죽을 자리를 준비 한다. 그들은 어린애가 되어 죽을 정도로 유년기를 사랑한다.


*


1571년이다. 성 바르톨로메오 축일의 대학살[7] 분위기가 교외 로 퍼진다. 종교전쟁이 다시 시작된다. 민주주의는 맹렬한 개신 교이다. 이슬람교는 성적(性的)으로 가혹한 종교이다. 인류 역사 상 지금처럼 신화들이 만연하고 신화들끼리의 경쟁이 극심했던 적은 없었다. 여성의 신격화, 죽음에 대한 숭배, 페리클레스[8] 시 대보다 더 난폭하고 더 불평등한 민주주의. 예속에 대한 은밀한 이야기에 불과한 신경증에 걸린 주체가 제 자신과 벌이는 전쟁. 기술(技術)의 물신 숭배. 부화뇌동하는 야성적 신세대 취향. '야

---

[7] 프랑스의 가톨릭 귀족과 시민들이 카트린 드 메디시스의 음모에 따라 파리에서 프로테 스탄트인 위그노들을 학살한 사건(1572년 8월 24, 25일). 이 사건은 16세기 말 프랑스 전 역을 시끄럽게 했던 가톨릭과 위그노 간에 벌어진 종교전쟁 가운데 하나였다. 키냐르가 1571년이라 한 것은 1572년의 착오로 보인다.

[8] 페리클레스Periklès(B.C. 495?~B.C. 429): 아테네의 정치가. 아테네의 발전과 민주주의 에 크게 기여하여 아테네를 정치, 문화의 중심지로 만들었다.

성적'이기보다 더 고약한, 즉 고삐가 풀린, 정신 질환적 신세대
취향.


*


　아무도 자신의 그림자를 뛰어넘지 못한다.
　아무도 자신의 근원을 뛰어넘지 못한다.
　아무도 제 어머니의 음문을 뛰어넘지 못한다.


*


　누가 자신이 사랑했던 것을 사랑하지 않겠는가? 잃어버린 것
과 그 안에 있는 옛날까지도 사랑해야 한다.
　사라져가는 자연 속의 동산까지, 그리고 에덴 동산 내부의
낙원까지도.
　결핍을 사랑해야지, 결핍에서 벗어나려 애쓰지 말아야 한다.
　성(性)이 다르다는 것을 사랑하고,
　구멍들이 적나라하게 드러난 나체를 사랑하고,
　상실을 사랑해야 한다.
　시간을 숭배해야 한다.

*

　자유라는 생각을 단념하고 다시 불복종할 필요가 있다. 자유라는 생각을 접고 다시 해방되어야 한다. 현재와 현재에 달라붙어 있는 무엇, 그리고 현실을 유지하며 현재의 균형을 지탱시키는 힘들 간의 긴장을 유지한다고 주장하는 그 무엇을 혐오할 필요가 있다. 예측 불가능한 것과 돌이킬 수 없는 것에 일체의 접근을 금지하는 어떤 것을 증오해야 한다. 돌이킬 수 없는 것을 사랑해야 한다. 그래서 사건과 언어 사이에 틈이 벌어지게 만들어야 한다.

　절대로 나와서는 안 된다. 옛날에서, 몸에서, 육체의 쾌락에서, 원죄에서, 생식성에서, 침묵에서, 수치심에서, 일화(逸話)에서, '옛날 옛적'에서, 사생활에서, 불가사의에서, 미완성에서, 변덕스러움에서, 수수께끼에서, 잡다한 사건들 중 가장 하찮은 것에서, 가장 먼 유년기로 거슬러 올라가는 터무니없는 풍문에서 나오지 말아야 한다.

*

　출생 이전의 삶에서 오직 열정적 청취자에 불과했던 우리는 태어나면서 소리의 생산자가 된다.

　우리는 음(音)들의 세계를 떠나자마자, 명령과 청각을 저버리자마자, 모든 것을 글자 그대로 해체하자마자, 복종하지 않게 된다.

빛으로 불쑥 나오면서, 대기 속에서 숨이 막히면서, 우리는 눈꺼풀을 열어 볼 수 있고, 눈꺼풀을 닫아 보지 않을 수 있고, 호흡할 수 있고, 어머니가 조금씩 우리의 입에 내려놓는 언어를 입으로 뱉어낼 수 있게 된다.

*

내가 '제외exception'라는 단어보다 '침입intrusion'이란 단어를 선호하는 이유는 *침입자intrusus*라는 단어가 출생과 더 유사하기 때문이다. 나는 예술이 언젠가 부정적이 되리라고 생각하지 않는다. 예술은 시간을 모르므로 부정도 모른다. 그것은 먼저 생존자에게 다가간 연후에 규범을 벗어난다. 중심을 벗어나는 게 아니라 바로 중심의 한복판에 위치한다. 예술은 행위, 행위 그 자체, 엄밀한 의미에서의 도(道)이다. 세상의 그 무엇도, 삶의 어느 것도 창조가 아닌 것은 없다.

그런 게 바로 삶이다. 그것이 바로 길〔道〕이다.

라틴어로 *intro-ire*는 '안으로 가다'라는 의미이다. 삶의 길로 들어선다는 말이다. 태어난다는 뜻이다.

*침입자intrusus*는 강제로 들어가는 사람, 들어갈 권리가 없는데도 강압적으로 들어가서 내쫓기는 사람이다. 초대받지 않은 사람이다. 이것이 '침입자'란 단어에 대한 공통된 훌륭한 정의이다.

# 제6장

"숨 쉬지 마세요!"

나는 사진관에 있었던 것이 아니다. 나는 레이캬비크[1]의 방사선과에 있었다. 모든 사회가 시민들에게 이 말을 한다. "숨 쉬지 마세요."

1 아이슬란드의 수도.

# 제7장 젖먹이

395년 그들은 캉데[1]의 생트샤펠 성당에 있었는데, 성(聖) 브리스가 이렇게 말했다.

"마르탱은 늘 같은 말만 늘어놓는 사람이오."

성 마르탱은 성 브리스에게 다가가서 말했다.

"멀찌감치 물러가라! 멀리 가버려! 내 귀가 네 입에서 너무 가까우니 네가 말을 할 수 없겠다."

이 말에도 불구하고, 마르탱이 죽자 투르[2]의 교단은 브리스를 주교로 선출했다.

*

성 브리스가 주교가 되고 나서 여러 해가 흘렀다. 그의 수도원

1 프랑스의 서부 페이드라루아르 지방의 도시.
2 프랑스 중서부 상트르 지방의 도시. 캉데의 동쪽에 있다.

에서 세탁을 담당했던 투르의 수녀가 아들을 낳았고, 아이의 아버지가 성 브리스라고 말했다. 투르 시민들이 모여들어 성 브리스를 비난하며 돌을 던졌다. 군중은 소리를 질렀다.

"당신은 음란하오. 세탁 수녀를 범했어. 우리는 더러운 손에 입맞출 수 없어요. 당신의 반지를 돌려주시오."

성 브리스는 단지 이렇게 대꾸했을 뿐이다.

"내게 아기를 데려다 주시오."

사람들이 30일밖에 안 된 아기를 데려왔다. 아기는 어미의 품에서 반쯤 잠들어 있었다. 울지 않았다.

성 브리스는 아기와 어미를 제단 뒤의 둥근 천장 아래로 불렀다.

투르의 주교는 모든 사람들이 보는 앞에서 젖먹이에게 몸을 굽혀 물었다.

"너를 씨뿌린 자가 나이더냐?"

아기는 두 눈을 크게 떴을 뿐 대답하지 않았다.

성 브리스는 라틴어로 질문했다.

"너를 씨뿌린 자가 나이더냐*(Si ego te genui)*?"

그러자 30일밖에 안 된 아기가 즉시 대답했다.

"당신은 내 아버지가 아니에요*(Non tu es pater meus)*."

그렇다면 대체 누가 아버지냐고 군중이 아기에게 물었다. 하지만 아기는 자신이 수태되던 순간 어머니를 올라탔던 남자의 얼굴은 기억하지만 이름까지야 어찌 알겠느냐고, 여전히 라틴어로 말했다. 또 그 순간 아버지가 어머니의 귀에 속삭인 이름이 정확히 아버지의 이름이 아니었다고도 말했다. 요컨대 젖먹이가 확인해준 사실은 그 남자가 성 브리스는 아니라는 것이 전부였다. 그런데 군중은 젖먹이의 대답에 불만을 품고 여전히 돌을 던졌다.

군중의 노여움을 잠재울 셈으로 신명재판의 결정이 내려졌다.

대장장이가 타고 있는 숯을 주교의 두 손바닥에 놓았다.

군중은 성 브리스에게 시뻘건 숯불을 성 마르탱의 무덤까지 가져가라고 요구했다.

성 브리스는 루아르 강을 건넜다.

모두가 두런거리며 그의 뒤를 쫓아갔다. 그런데 성 마르탱의 묘석 위에 뜨거운 깜부기불을 내려놓은 후에 보니, 불을 운반했던 그의 두 손바닥은 멀쩡했다.

*

그러자 군중은 젖먹이의 어미에게로 돌아섰다.

그들은 세탁 담당 수녀의 젖가슴을 드러냈다.

한 젊은 남자가 그녀의 젖가슴을 베었다.

젖이 베이자, 여자의 몸은 피투성이가 되었을 뿐만 아니라 젖으로도 범벅이 되었다. 그녀가 30일 된 아기에게 아직 젖을 먹이고 있었기 때문이다. 수녀는 거짓말을 했다는 이유로 투르 사람들이 던진 돌에 맞아 죽었다.

# 제8장

로마는 멀리 있었다. 점점 더 멀어지고 있었다. 모든 이들의 연인이던 로마는 추억이 되었다. 추억이던 로마는 한낱 유령이 되었다. 로마가 지구라는 공간의 중심이라는 사고 자체가 바진 왕비의 꿈들[1] 속에서 달려들던 동물들과 흡사한 존재가 되었다.

[1] 바진은 클로비스의 어머니이다. 그러나 프랑크족의 왕비가 되기 전에 튀링겐족의 왕 (족장)인 바쟁의 아내였다. 프랑크족의 왕(족장)인 힐데리히는 신하들에게 밀려나 바쟁의 궁정에 피신해 있는 동안 은인의 아내인 바진을 유혹하여 8년 동안 함께 살았다. 8년이 지난 후 힐데리히는 바진을 남겨두고 혼자서 자기 나라로 돌아가 다시 왕좌에 앉았다. 그러던 어느 날 바진이 힐데리히를 찾아와서 그의 원기 왕성한 정력을 칭찬하며 유혹하였다. 마침내 두 사람은 결혼을 했고, 첫날밤 몸을 섞으려는 순간 바진이 이렇게 말하며 교접을 다음으로 미루었다.
"가서 창밖을 내다보세요."
왕이 가서 보니 사자들과 표범들, 그리고 일각수가 있었다.
그런 식으로 교접은 세 차례나 미뤄졌다. 두번째는 창밖에 늑대와 곰들이 있었고, 세번째는 개들이 저희들끼리 맹렬히 싸우고 있었다.
바진은 남편에게 이렇게 설명했다. "당신의 눈으로 본 장면들은 실제로 일어날 일들이랍니다. 표범과 일각수는 우리 자식들이에요. 그들의 자식들 역시 곰과 늑대들처럼 탐욕스러울 거예요. 그 다음 세대에는 민중들이 왕의 명령 따위는 아랑곳하지 않고 전쟁을 하게 될 거랍니다."
이것이 바로 바진 왕비가 꾼 '꿈들'이다.

로마인들의 마지막 왕에게는 이름이 있다.

한 고위 성직자—그 역시 투르 사람이었다—가 그에게 16행의 시를 헌사했고, 그것이 그의 기억을 유지시켜주었다.

그의 이름은 시아그리우스[2]였다. 아에기디우스의 아들이었다. 그에게는 자기 아버지가 지녔던, 민병대 지휘관, 공작, 귀족, 그 어떤 명칭도 없었다. 470년대 말에 이 모든 권한이 철회되었기 때문이다.

그는 그저 *rex Romanorum*, 즉 '로마인들의 왕'이라 불렸다.

로마인들의 마지막 왕의 마지막 왕국이 있던 곳은 수아송[3]이었다. 클로비스[4]는 라냐케르[5]의 병사들의 지원을 받아 시아그리우스를 향해 진군했다.

수아송은 갈리아 벨기카[6]에서 가장 인구가 많고 상업이 번창

---

**2** 시아그리우스Syagrius(430?~486): 로마 제정 말기 갈리아의 장군. 서로마 황제 마요리아누스(재위 457~461) 밑에서 갈리아 군 사령관을 지낸 아에기디우스의 아들이다. 황제가 암살된 뒤 그 후계자를 인정하지 않고 사실상의 독립 세력으로서 수아송을 중심으로 북갈리아 일대를 지배했던 아버지가 죽자, 464년 지배권을 이어받았다. 갈리아에서 최후의 로마 세력으로서 한동안 여러 게르만 부족 왕국과 공존하였으나, 486년 프랑크 왕 클로비스의 공격을 받고 패하였다. 시아그리우스는 툴루즈의 서고트로 도망쳤으나, 클로비스의 위협에 굴복한 서고트 왕에 의해 프랑크에 인도되어 살해되었고, 그의 지배 영역은 프랑크 왕국에 합병되었다.
**3** 프랑스 북부 피카르디 지방에 있는 도시.
**4** 클로비스 1세Clovis I(466?~511): 메로빙거 왕조의 초대 프랑크 국왕. 투르네를 중심으로 세력권을 구축한 부왕 힐데리히가 죽자(481) 15세의 나이로 왕위를 이어받았다. 486년 수아송 전투에서 북갈리아의 시아그리우스를 격파하고 루아르 강 이북 땅을 차지하여 프랑크 왕국을 세웠다.
**5** 프랑크족의 다른 족장. 프랑스의 북부 도시인 캉브레 지역을 통치했다.
**6** 로마 제국 시대 갈리아 지방에 있던 4개의 속주 가운데 하나. 갈리아 북부와 동부에 해당하는 이 지역은 센 강에서 라인 강까지 뻗어 있고, 위로는 북해 연안의 저지대, 아래로는 헬베티아족의 영토를 포함한다.

했던 자치 도시였다. 이 도시의 언덕에서는, 엔 주(州)와 나무 부교, 해안 초입의 커다란 대리석 입구, 60척의 작은 배들이 내려다보였다.

그곳의 사저(私邸)들은 호사스럽고, 규모가 거대하며, 숨어 있었고, 근사했다.

군대의 갑옷과 투석기(投石器) 공작창은 제국의 국경 너머까지 그 명성을 떨치고 있었다.

마지막 왕이 거주하던 흰 대리석으로 된 거대한 성(城)은 도시의 북쪽에 있었다. 그의 비서관 소피우스, 도서실 관리인 외에도 치타 연주자들, 까마귀들, 쾌락을 줄 여인들, 장수들, 말하는 티티새들, 점성가들, 환상적인 책들, 항아리들, 짖어대는 개들, 떡갈나무들이 왕을 에워싸고 있었다. 시아그리우스는 날마다 측근들의 눈을 피해 달아나 궁전의 성소(聖所)에서 금지된 신들에게 제물을 바치곤 했다. 두 명의 신기료장수 순교자[7]를 말하는 게 아니라, 침묵 속에서 이집트의 파피루스 두루마리를 펼쳐가며 아이네아스[8]의 무훈담[9]을 읽는 일을 말하는 것이다.

[7] 10세기경의 전설에 따르면 287년 수아송에서 처형된 크리스푸스와 크리스피니아누스 성인을 가리킨다. 6세기에 투르의 주교 그레고리우스에 의해 성인으로 추대된 사실 외에 그들에 대해 알려진 바는 없으나, 중세 무렵에는 그들에 대한 숭배가 널리 퍼져 있었다.
[8] 아이네아스Aeneas: 그리스 신화에 나오는 트로이 전쟁의 영웅. 여신 아프로디테와 안키세스의 아들이다. 헥토르와 비견되는 트로이 군 최강의 무장으로 그리스 군에게 공포의 대상이었다.
[9] 고대 로마의 시인 베르길리우스가 아이네아스에 관한 전설들을 집대성하여 쓴 장편서사시 『아이네이스』를 가리킨다. 영웅이 신의 명령에 따라 트로이를 탈출하고, 고난을 무릅쓰며 지중해를 건너, 라티움에서 전쟁의 시련을 겪은 후 로마의 전신인 라비니움을 건설하기까지를 이야기하고 있다.

*

451년 아틸라[10]는 수아송을 침략하지 않았다.

486년 투르네[11]의 왕 클로도베쿠스[12]는 로마인들의 마지막 왕 시아그리우스에게 도전장을 보냈다. 도전장의 형태는 그에게 불행을 초래할 목적으로 생리혈을 몸에 바른 알몸의 여자였다.

시아그리우스는 자신의 군대를 쥐비니와 몽테쿠베 사이에 있는 수아송 전방에 배치했다.

승리자와 우호조약을 맺기로 마음을 굳힌 샤라리크 왕은 자신의 병사들과 함께 산꼭대기로 올라가 내려다보았다.

프랑크 군대가 승리했다.

그러자 샤라리크는 클로비스에게 합류했다.

시아그리우스는 말을 타고 도망쳤고, 서고트족[13]의 왕 알라리크[14]에게 가서 피신처를 구했다. 알라리크는 당시 툴루즈의 왕

10 아틸라Attila(?~453): 훈족의 왕. 로마 제국을 침략한 새외(塞外) 민족 최고의 왕으로서 남부 발칸 지방과 그리스, 갈리아와 이탈리아까지 공략했다. 아틸라는 중세 독일의 전설적인 영웅서사시 『니벨룽의 노래』에서 '에첼,' 아이슬란드의 무용담에서 '아틀리'라는 이름으로 나온다.
11 벨기에 남서쪽 스헬데 강변, 몬스의 북서쪽에 위치한 도시. 로마 시대에는 투르나쿰이라 불리던 중요 도시였으나 5세기에 프랑크족에게 점령되었다. 클로비스 1세가 태어난 곳이기도 하다.
12 클로비스의 라틴어 이름.
13 게르만족 중 가장 중요한 부족의 하나. 4세기에 동고트에서 분리되었고, 로마 영토를 거듭 침범했으며, 갈리아와 에스파냐에 거대한 왕국을 세웠다.
14 알라리크 2세Alaric II(?~507): 484년 아버지 외리크의 뒤를 이어 갈리시아 왕국을 제외한 에스파냐, 아키텐, 랑그도크, 서부 프로방스를 다스렸다. 서고트족이 아우리스파라는 것을 구실로 프랑크족의 왕 클로비스가 일으킨 전쟁에서 패배하자, 알라리크는 도망

이었다. 그는 투르네를 지배하는 왕의 노여움을 살까 봐 두려웠기 때문에, 관습을 무시하고 손님을 투르네의 왕에게 넘겨주었다. 그는 로마인들의 마지막 왕을 마치 사냥한 짐승처럼 두 손과 두 발을 묶어 수레에 태웠고, 어스름할 때 툴루즈를 떠난 수레는 캄캄한 밤에 서고트의 국경을 넘었다.

이렇게 해서 로마인들의 마지막 왕은 프랑크족의 수중으로 넘겨졌다.

*

클로도베쿠스 왕—즉 클로비스—은 자신의 검으로 시아그리우스—즉 로마인들의 마지막 왕—의 머리를 거칠게 긁어서 머리칼을 모조리 베었고, 피투성이가 된 그를 쇠사슬로 묶어 루아르 강 유역의 지하 석회 동굴에 집어넣었다. 클로비스는 모두의 긴장이 풀릴 때까지 기다리다가 비밀리에 왕의 머리를 단칼에 베어버렸다. 다시 자란 머리칼의 길이는 겨우 손가락 두 마디 정도였고, 그 길이로는 고리 모양을 만들 수 없었기 때문에, 클로도베쿠스 왕은 정수리 부분을 움켜잡아 시아그리우스의 머리통을 들어올려 사람들에게 보여줄 수 없었다.

클로비스는 자신의 조상인 프랑크 족장들의 죽음—그들은 170년 전에 원형 극장에서 곰들의 이빨에 물려 죽었다—에 대

치다 체포되어 클로비스에게 살해되었다.

한 복수를 로마인들의 마지막 왕에게 했노라고 선언했다.

시아그리우스는, 프랑크족의 첫번째 왕의 검이 자신에게 다가오자 감옥의 어둠 속으로 물러나면서, 엘리제 동산[15]과 그들을 보호하던 신들은 어디 있는가 물었다.

클로비스는 수아송을 자신의 왕도(王都)로 만들었다. 바로 이 수아송 전투에서 클로비스는 성당들의 성기(聖器)들을 탈취했다.

*

아름다움은 빈약해질 수 있다. 역사가 기록한 전설은 그레고리우스[16]의 연대기와 일치하지 않는다. 투르 사람의 텍스트는 다음과 같다: *Quem Chlodovecchus receptum custodiae mancipari praecepit, regnoque ejus accepto, eum gladio clam feriri mandavit. Quaesivit cum moriebatur ubi essent umbrae.* 한 자 한 자 옮기자면 이러하다. 클로비스는 (알라리크의 수중에서 시아그리우스를) 인도받은 즉시 그를 엄중히 감시하라는 명령을 내린 다음 그의 왕국을 접수했고, 비밀리에 그를 참수하도록 지시했다. 그는 죽어가면서 그림자들이 어디 있느냐고 물었다.

**15** 그리스 신화에서 영웅이나 덕이 있는 사람들이 사후에 가게 된다는 낙원.
**16** 그레고리우스Gregorius Florentius(538/539~594/595): 투르의 주교. 6세기 프랑크-로마 왕국을 이해하는 데 주요 자료가 되는 『프랑크사』의 저자로 알려져 있다. 그러나 『프랑크사』는 원래의 제목이 아니며, 엄밀한 의미에서 역사서가 아닌 연대기로 간주되기도 한다. 그의 메로빙거 왕가에 대한 서술은 대체로 왕가 자체에 대한 서사시적 전설과 교회에 보관되어 있던 기록에 근거한다.

*

우리는 로마인들의 마지막 왕이 죽어가면서 했던 말의 의미를 모른다.

*Quaesivit cum moriebatur ubi essent umbrae.*

그는 죽어가면서 물었다.

"그림자들은 어디 있는가?"

*

그의 말은, 전설에서와 마찬가지로 명부(冥府)의 영혼들을 의미하는 것이었을까? 수치스럽게도 그는 구름에 휩싸인 올림푸스 산의 신들—신들은 구름에 싸여 여행한다—을 부르려 했던 것일까? 자신의 부친인 아에기디우스를 가리키는 것이었을까? 그가 우두머리였던 갈리아 군단을 가리키는 것이었을까? 선왕이 당시에 힐데리히[17] 왕이나 그의 왕비 바진과 맺었던 유대 관계를? 혹은 조부가 당시에 메로비스[18] 왕과 맺었던 관계를 가리킨 것이었을까? 무슨 이유로 힐데리히의 아들은 아에기디우스의 아들과

17 클로비스 1세의 아버지.
18 클로비스 1세의 할아버지. 그의 이름이 메로빙거 왕조 이름의 근원이 된다. 프랑크족의 일파인 살리족으로서 브뤼셀 부근의 데스파르굼의 왕이었던 클로디오, 클로디오의 아들인 메로비스, 메로비스의 아들인 힐데리히 1세가 차례로 왕위를 이어가면서 그들은 살리족을 거의 통일하였다. 481년 그들의 뒤를 이은 클로비스 1세가 살리족뿐만 아니라 리브라족, 카마비족까지 병합하여 프랑크 왕국을 세웠다.

체결한 서약을 준수하지 않았을까? 약속을 증언해줄 망령들은 어디 있었는가? 파기된 약속, 깨어진 동맹 관계에 대해, 어둠 속에서 살인이 자행되는 이 순간에, 망령들은 숲에서 혹은 사원에서 응당 호통을 치고, 바람을 일으키고, 저주를 퍼부어주었어야 옳지 않았을까?

*

기록된 전설은 사실이 아닌 듯싶다.

시아그리우스가 가호(加護)를 빌었던 그림자들은 기독교인들이 말하는 지옥의 망령들이 아니다. 죽어가는 시아그리우스는 라벤나[19]의 단테가 아니므로.

"그는 그림자들이 어디 있느냐고 물었다"의 의미는 오히려 다음과 같다. 즉 "내게로 오시라, 약속의 주인공인 경애하는 선조들이시여. 그대들은 오를레앙 전투[20]에서 나란히 싸웠도다. 저들이 깎아버린 머리칼을 움켜잡으려 헛손질하는 손가락을 멈추게 하시고, 내 목에 들이댄 이 검을 멈추게 하소서!"

---

**19** 이탈리아 북동부 아드리아 해 근처에 있는 도시.
**20** 힐데리히 1세는 463년 로마군 사령관 아에기디우스가 오를레앙 근처의 서고트족을 몰아내는 데 힘을 합쳐 싸웠다.

*

　그림자들은 어디 있는가(*Ubi sunt umbrae*)라는 질문은 또한 이런 의미일 수도 있다. "오라, 에리니에스[21]여. 어둠 속에서 행해진 살인을 복수해 다오. 이 피의 대가를 메로비스의 손자의 자식들에게, 그리고 자손 대대로 치르게 하라!"

*

　그는 죽어가면서 그림자들이 어디 있느냐고 물었다(*Quaesivit cum moriebatur ubi essent umbrae*). 왕이 물었다. "얼어붙은 길 위에 눈이 내릴 때 노란 말벌들은 어디 있는가? 지옥은 어디인가? 내 아버지가 나직한 비명을 지르면서 나를 수태하던 순간에 그의 시선은 무엇을 향해 있었을까? 베르길리우스는 어디 있는가?"

---

**21** 그리스 신화의 복수의 여신. 제9장의 각주 6 참조.

# 제9장 꽃병[1]

무시무시한 손이 갑자기 이 땅 위에 나타났다. 오직 지배만을 목적으로, 압력만을 수단으로, 천편일률적으로 커지기만 하는 일방적인 교환의 손. 이 손은 화합을 강요했다. 폭군의 너그러운 손. 그 손에서 1달러짜리 동전이 짤랑대는 처음 들어보는 소리가 난다. 동전이 부딪치는 쇳소리가 언어를 말하는 목소리를 능가한다. 장사꾼들은 그들이 마침내 성사시킨 최초의 통합 시장을 상대로 거래를 시작한다. 궁극적인 침공은 장사꾼들을 흥분시킬 뿐

---

**1** 그레고리우스의 기록에는 클로비스의 특성을 잘 보여주는 꽃병에 관한 일화가 수록되어 있다. 일화의 내용은 이러하다: 클로비스의 부하들이 어떤 교회(아마도 랭스의 교회)에서 화려한 꽃병 한 개를 강탈하자, 주교가 그것을 돌려달라고 간청했다. 수아송에서 전리품을 분배할 때 왕은 합의로 정해진 몫 이외에 꽃병도 달라고 요구했다. 어떤 프랑크 병사가 이에 항의하여 도끼로 꽃병을 깨뜨려버렸다. 왕은 그 꽃병을 깨진 채로 주교에게 돌려주면서 아무 말도 하지 않았다. 그러나 1년 뒤에 열린 군사회의에서 왕은 그 무례한 전사를 알아보았고, 무기를 제대로 손질하지 않았다고 호되게 나무라면서 그의 도끼를 땅에 던졌다. 전사가 도끼를 집으려고 허리를 굽히자, 왕은 자신의 도끼로 그의 두개골을 쪼개면서 "너는 수아송에서 꽃병을 이렇게 다루었도다"라고 말했다. 클로비스의 부하들은 겁에 질렸다. 그레고리우스는 왕의 이러한 행위를 칭찬하였다. 교회는 원수를 갚았고 왕도 마찬가지였기 때문이다.

만 아니라 그들을 통일성에 예속시켜 제한하기도 한다. 그들이 얻는 이득은 생산품을 가장 좋은 가격에 모든 사람들, 즉 전 인류에게 파는 데 있다. 그들은 마지막 제국들의 국경을 넘으려는 속셈으로 혁명을 선동한다. 그들은 평화를 사기 위해 공포정치의 힘을 빌린다. 그리고 단 한 순간에 전 인류가 유일한 대상을 욕망하게 만들지만, 대상으로서의 수명은 욕망이 대상을 획득한 그날 하루를 넘기지 못한다. 대상은 너무나 부서지기 쉬워서 거의 그 자체가 이미지라고나 할 수 있다. 예를 들어, 그것은 수아송 근처의 한 성당에서 강탈했던 금으로 뒤덮인 꽃병일 수 있다. 누군가가 그 꽃병을 깨뜨린다. 눈부시게 번쩍이는 부(富)를 향해 달려가 부를 늘리는 데 연연하지 않는 자에게 불행 있으라. 비가시적인 것과 문자들, 옛사람들의 그림자, 침묵, 은밀한 삶, 무용한 예술의 무용한 세계, 개인과 사랑, 시간과 쾌락, 자연과 기쁨, 교환에서 아무런 가치도 없으면서 상품의 어두운 부분을 구성하는 이 모든 것을 알아버린 자에게 불행 있으라. 모든 예술 작품은 이 빛을 감전사시키는 무엇으로 정의될 수 있다. 모든 문장은 그것이 씌어지는 순간부터, 매료된 태생(胎生) 동물이라는 단일한 부류에 속하는 이들의 점점 몽롱해져가는 얼굴이 나타나는 화면을 깨뜨리는 무엇으로 정의된다. 언어를 사용하는 이런 사람들의 운명은 늘 최면 상태에 있지 않다.

*

그는 물었다(*Quaesivit*): 그림자들은 어디 있느냐(*ubi sunt umbrae*)?

로마인들의 마지막 왕은 명부에 내려가서 물었다.

"지옥은 어디요?

그리고 망령들은 어디 있소?

아케론 강[2]과 스틱스 강[3] 연안은 어디요?

엘리제 동산과 쿠마이[4]의 동굴들, 에레보스[5]와 사자(死者)들의 투명하고 희끄무레한 영혼은 어디에 있소?

온통 핏방울로 얼룩진 옷들, 횃불들과 세 명의 에리니에스[6]는 어디 있는 거요?

카론[7]의 푸른색 작은 배는 어디 있소?

죽음의 신은 어디 있소?"

2 그리스 이피로스의 테스프로티아에 있는 강. 어두운 협곡을 따라 흐르며 여러 곳에서 지하로 흘러들기 때문에 고대에는 하데스(저승)로 이어지는 강으로 여겨졌다.
3 그리스 신화의 저승에서 흐르는 강. 실제의 스틱스 강은 그리스 아르카디아 지방에 있다.
4 이탈리아 나폴리에서 서쪽으로 15~16킬로미터 가량 떨어진 곳에 위치한 고대 도시. 그리스 전설에 나오는 여자 예언자 시빌이 살았다는 동굴이 아직도 남아 있다.
5 카오스의 아들이며 밤의 형제인 지옥의 암흑이 의인화된 존재.
6 그리스 신화의 복수의 여신인 알렉토, 티시포네, 메가이라를 가리킨다. 크로노스에 의해 절단된 우라노스의 남근에서 흐르는 핏방울에서 태어난 이 여신들은 날개와 뱀 모양의 머리카락을 지니고 있으며, 항상 채찍과 횃불을 가지고 죄인을 쫓아다니며 괴롭혀서 미치게 만든다.
7 그리스 신화에 나오는 인물로 에레보스와 닉스(밤) 사이에서 태어난 아들이다. 그의 임무는 매장 의식을 거친 죽은 사람들의 영혼을 배에 태워 스틱스 강과 아케론 강을 건너가게 해주는 일이며, 그 대가로 시체의 입 속에 든 동전을 갖는다.

인류는 두번째로 통일성에 도달했다.

공포의 배경에서 인류가 윤곽을 드러내더니, 인류는 배경을 완전하게 꾸며내었다.

단 하나의 세계만 존재하는 순간부터 세계 대전과 내란을 구분할 방도가 없어진다.

지난 세기의 중반에 일어났던 제2차 세계 대전은 인류에게 내재된 인간성이라는 개념을 영원히 와해시켜버렸다.

미래는 지각(地殼)과 지각을 바다 밑에서 산꼭대기까지 완전히 뒤덮은 생명과 관련된다.

과거, 무덤들, 기억, 이야기들, 고대 언어들, 옛날에 씌어진 책들, 종교와 정치, 예술과 개인의 버림받은 전통들—전통들을 차례로 갱신하던 전설적 활기를 잃어버린—, 이런 것들은 영원히 현실에서 분리되었다. 더 이상 입에 오르지 않는 언어는 심지어 죽은 언어라고도 말해진다. 하지만 그것은 쌓여가는 기쁨의 보물들이다. 기쁨은 쌓이면서 농축된다. 기쁨에는 여전히 의미와 놀라움이 남아 있다. 다가올 미래는 오는 게 아니라 틀림없이 불시에 덮쳐올 것이다. 그림자는 그 속으로 삼켜지고 만다. "내가 죽으면 그림자들은 어디로 갈까?" 이것은 고대 세계의 마지막 왕이, 엔 주(州)를 굽어보는 흰 대리석으로 된 성을 떠난 후에 했던 질문이다. 그림자란 이미지에 대립되는 것이다.

# 제10장

*Te loquor absentem.*

나는 부재하는 여자인 네게 말한다.

내 목소리가 호명하는 것은, 내가 지시하는 모든 것들 뒤편에 있는 바로 너, 하나뿐인 너다.

너 없이는 어떤 밤도 오지 않는다.

어떤 날도 밝지 않는다.

사람들은 시라쿠사의 히에론[1]에 대해 이렇게 말했다. "왕이 되기 위해 그에게 부족한 것은 오직 왕국뿐이다."

---

1 시칠리아에 있는 시라쿠사의 참주. 히에론 1세(?~B.C. 467/466)와 그의 아들 히에론 2세(?~B.C. 216/215)가 있다.

# 제11장 크라스[1]

젠치쿠[2]는 이렇게 썼다. "망각을 벗어나는 것, 그런 게 과거의 화신이다."

옛날은 *최초의 시기primum tempus*이며 그것은 회귀한다.

과거는 시간의 파도가 칠 때마다 구축되어 앞으로 밀려온다. 현대인들이 소유한 과거는 그것이 어둠의 왕국에서 올라올 때마다 달라진다. 말라르메[3]의 과거는 미슐레[4]의 과거가 아니다. 렘브란트의 과거는 베르메르[5]의 과거가 아니다. 장자(莊子)[6]의 과거는 헤라클레이토스[7]의 과거가 아니다. 세르반테스의 과거는 셰익스

---

1 라틴어 cras는 '내일'을 의미한다.
2 곤파루 젠치쿠(金春禪竹, 1405~1470): 일본의 노(能) 배우이며 극작가. 배우 제아미 모토키요(世阿彌元淸)의 사위이다.
3 말라르메Stéphane Mallarmé(1842~1898): 프랑스의 상징파 시인. 그는 현실 너머에는 아무것도 없지만, 작품만은 그 소멸을 초월하는 힘을 지니고 있다고 믿었다.
4 미슐레Jules Michelet(1798~1874): 프랑스 낭만파 역사학의 일인자이며 작가.
5 베르메르Jan Bermeer(1632~1675): 17세기 네덜란드 미술의 대가이다. 주로 실내 풍속화를 많이 그렸다.
6 중국 전국시대의 철학자.
7 헤라클레이토스Herakleitos(B.C. 540?~?): 그리스의 철학자.

피어의 과거가 아니다.

에밀리 브론테[8]의 과거는 샬럿 브론테[9]의 과거가 아니다.

과거는 현재와 마찬가지로 신경질적으로 예측 불가능한 삶을 살면서 현재 속으로 제 얼굴을 들이민다. 과거의 안면근육은 심한 경련으로 떨리지만 어둠 속에서 그 얼굴은 소망으로 넘쳐난다.

나룻배, 뱃사공, 연안을 따라가는 뱃길, 시간의 말[馬]들, 그 말들의 경중경중 달리기, 날씨, 배고픔, 이런 것들에 의해 시간의 총체는 매번 변형된다.

시간은 과거의 유출이 솟구침들 사이, 가파른 언덕들 사이, 속력들 사이의 현재 상황 한복판에서 갑자기 멈춰 방치된 움직임이다. 메넬라오스[10]는 아가멤논에게 격렬한 어조로 이렇게 말했다.

"형은 자신이 무엇을 원하는지 모르고 있군. 오늘, 어제, 내일, 언제나 다른 것을 원하고 있어."

우유부단은 자유보다 더 큰 가능성이고, 우연은 계략보다 더 교묘한 기질이며, 망각, 분노, 굶주린 희망, 느닷없이 달려드는 매복꾼, 이런 것들은 존재에서 기인된 현상이 아니라 시간으로 인해 나타나는 현상이다.

모든 작품은 물속에서 납작해지는 바위의 한 면에 비유될 수

---

**8** 에밀리 브론테Emily Brontë(1818~1848): 영국의 소설가. 『폭풍의 언덕』의 저자이다.
**9** 샬럿 브론테Charlotte Brontë(1816~1855): 영국의 소설가. 『제인 에어』의 저자이며 에밀리 브론테의 언니이다.
**10** 그리스 신화에 나오는 인물. 스파르타의 왕인 메넬라오스가 트로이의 왕자인 파리스에게 아내 헬레네를 빼앗기면서 트로이 전쟁이 일어난다. 형인 아가멤논(미케네 혹은 아르고스의 왕)이 그리스 연합군의 총사령관이 되어 트로이를 함락하고 헬레네를 되찾게 해 준다.

있다. 계절도 마찬가지다. 물에서 동심원들이 퍼진다. 원들은 자신들이 변모시킨 과거에서 그랬듯이, 되풀이되는 미래에서 사라진다. 원들은 사라졌지만 완전히 사라진 게 아니다.

원들이 사라진 게 아니라는 것은 이미 또 하나의 돌멩이가 떨어지고 있다는 점에서 그러한데, 그것은 마치

옛날의 지구 자체가 공간에 떨어져,

그곳의 빛과 물속에서 차츰차츰 꽃들, 새들과 꿈들, 언어, 죽음을 경험했으며,

그곳에서 사라지게 될 돌멩이인 것과 마찬가지이다.

# 제12장

　계곡의 호텔 앞에 말 두 마리가 고개를 든 채 깨어 있다고도 잠들었다고도 할 수 없는 상태로, 마치 배고픔을 잊은 야수처럼, 잔혹성이 사라져버린 야수처럼, 철조망 안에 갇힌 맹수들의 추억처럼 들판에 누워 있다. 내가 다가가자 한 마리는 고개를 흔들고 콧바람을 내면서 비틀거리며 풀밭에서 일어나더니, 서툴고 불안정하지만 놀랄 만큼 우아한 동작으로 내게로 걸어왔다. 마치 한 천년 만에 잠을 깬 듯싶었다.

　에피쿠로스[1]는 이렇게 기록했다. "모든 사람은 마치 갓 태어난 것처럼 삶에서 벗어난다."

---

**1** 에피쿠로스Epicouros(B. C. 341~B. C. 270): 고대 그리스의 철학자. 소박한 즐거움, 우정, 은둔 등에 관한 윤리철학의 창시자.

# 제13장  작은 배

황금색 빛의 물결이 하늘 한복판에서 욘[1] 강 위로 흘러 내리
고 있었다.

내 맞은편 강물 위로, 어둠 속에서, 빛에 휩싸인 텅 빈—그
렇게 보이는—납작한 배의 형체가 꽤 빠르게 소리도 없이 내려
왔다.

"자네에게 방해가 되나?"

그가 노란색 노를 사용해 강기슭에 멈춰 선 채, 내 앞에 있었다.

"사슬을 건네주게." 내가 말했다.

그가 그것을 내밀었다.

나는 내 은신처 맞은편에서 흔들리고 있는 작은 나무 선창에
사슬을 고정시켰다.

친구가 기슭으로 올라왔다.

---

1 프랑스 중부 부르고뉴 지방을 남북으로 가로지르며 흐르는 강. 상스에 있는 키냐르의
집이 바로 욘 강변에 있다.

"자네가 너무 골똘히 생각에 잠겨 있는 듯해서……"

"자네를 기다리고 있었지."

"아니. 날 기다렸던 게 아냐. 분명히 뭔가 다른 생각을 하고 있었어……"

"강물 위를 떠다니고 있었다네."

# 제14장

먹구름이 갈라지면서, 갑자기 새파란 하늘이 적나라하게 드러났다. 아무런 생각도 떠오르지 않았다. 검은 하늘 한복판에서 파란색은 산뜻했고 빛을 발하고 있었다.

# 제15장 그림자

1933년 다니자키[1]는 짧은 텍스트[2]를 출간했다. 이 작품에서 그는 어둠이 그립다고 말했다. 나는 이 대목이 세월이 흐르면서 나타난 다양한 사회들—세계 통사(通史)에서 다양한 자연 언어들로 분할된 사회들—을 거치며 씌어진 글들 중에서 가장 아름답다고 생각한다. 그리움은 도발적인 방식으로 전개되었던 만큼 더욱 가슴을 에듯 절절했다. 이 글에서 다니자키는 고대 일본의, 거의 어두컴컴한 변소들에 대한 향수를 표현했다. 이 변소들은, 청교도적이고, 제국주의적이며, 미국식이며, 눈부신 네온으로 조명된, 위생적이고 반들거리는 하얀 타일에 둘러싸인 깨끗한 사기 변기에, 시든 꽃 냄새를 맡으며, 배설하려는 모든 사람들의 의지로 갑자기 확고해진 일본 사회 전체가 더 이상 묵인할 수 없게 된

---

**1** 다니자키 준이치로(谷崎潤—郎, 1886~1965): 일본의 소설가.
**2** 『슌킨쇼(春琴抄)』를 가리킨다. 다니자키의 55년 간의 저작 기간은 대략 다섯 시기, 즉 제1기 메이지 말년의 탐미주의 시대, 제2기 모더니즘 시대, 제3기 고전 회귀 시대, 제4기 전시기(戰時期), 제5기 노숙기(老熟期)로 구분된다. 위의 작품은 제3기에 씌어진 것이다.

장소이다.

*

다니자키 준이치로는 만년필보다 소리가 덜 나는 붓이 아쉽다고 말했다.

광택을 잃은 금속 제품,

뿌연 크리스탈과 탁한 비취,

벽돌에 난 그을음 자국,

나무에 칠해진 페인트의 풍화된 상태,

악천후의 흔적,

부러진 나뭇가지, 주름살, 뜯어진 옷단, 젖이 불은 유방,

난간 위에 떨어진 새똥,

저녁 식탁에 놓인 양초의 침침하고 조용한 불빛이나 나무문에 걸린 초롱 불빛,

어둠 속에 잠겨 있으면, 영혼이 입에 더 가까이 옮겨지기 때문에, 머릿속에 떠오르는 더 자유분방한 혹은 얼빠진 혹은 아리송해진 생각,

담배 불빛에 시선을 던지며 더 나지막하게 더듬거리는 목소리,

나이가 들어갈수록 더 오래 지속되는 방금 먹은 것의 맛과 더 빨리 사라져버리는 그 형태와 색에 대한 느낌—음식은 그것이 섭취되는 육체의 어둠에 점진적으로 연결되기 때문이다—,

이런 것들이 아쉽다고 말했다.

*

　　주방에서 가장 아름다운 것, 그것은 바로 계속해서 주방을
지배하고 있는 '사라진 것'이다. 잡아먹힌 먹이에 들러붙은 운명
으로 그 유령은 이루어진다.
　　어디서나 유령의 냄새가 난다.
　　우리는 가시나 뼈다귀 같은 쓰레기 너머로, 그 죽음의 향기
혹은 죽음에 처해 있는 것의 향기에 휩싸인다.


*


　　다니자키 준이치로의 몸이 움찔거렸다.
　　강철이 번뜩일 때,
　　니켈이,
　　크롬이,
　　알루미늄이란 고안물이,
　　서양에서 수입된 종이의 지나치게 희어 튀는 백색이,
　　도기나 안경알이 번뜩일 때.


*


　　그는 따스한 액체의 세계에서 퍼지는 차〔茶〕의 어슴푸레한

빛을 좋아했다.

그리고 둥글게 말린 작은 잎이 물속에 섞여들면서 가느다란 섬유처럼 퍼지게 하는 빛깔을 좋아했다.

그리고 사기 종발(鐘鉢) 밑바닥에 차츰차츰 가라앉아버리는 불그레한 찌꺼기—어떻게 보면 가을의 찌꺼기인—를 좋아했다.

*

그는 어둠과 관련된 길목, 그리고 어둠에 덧붙여져 부유하는 광막함과 관련된 길목을 좋아했다.

그는 밤색이나 회색이면서 어둡고 아름다운 빛깔의 옷을 좋아했다.

그는 어둠 속에서 하는 생각의 밀도는 거북할 때 느끼는 흥분의 강도와 기이할 만치 흡사하다고 말했다.

거북함은 밀려오는 동시에

사라지는데, 영혼을 떠나

육체로 몰려와 긴장시키기 때문이다.

*

그는 예술을 그리워했다. 그가 말하는 예술이란, 그것이 가내 공업과 맺었던 최초의 관계, 즉 가내 공업으로 이 세상에 보태지는 물건들의 단일성과 맺었던 본래의 관계를 의미한다.

그는 짙은 빛깔의 종발을 좋아했다.
그는 모래성을 좋아했다.

*

그는 여인의 몸 위로 비치는 희미한 빛을 사랑했다. 빛이 어슴푸레해야 여인은 입었던 속옷을 벗고 매끈한 배와 유방을 드러낸다. 여인의 체취는 더욱 진해지고, 드러난 피부도 한결 부드럽다. 어렴풋이 환영처럼 보이는 여인의 자태는 그래서 더욱 여성스럽다. 어슴푸레한 빛은 과거에서 거슬러 올라온 빛이다. 그 빛은 반쯤 벌어진 성기의 어둠과 조화를 이루며, 그곳이 옛 거주지임을 회상하게 한다.

*

그는 과거의 흔적들을 전혀 구별짓지 않았다. 상자 위에 쌓인 먼지와 칼에 슨 녹, 못, 머리가 납작한 나사, 이런 것들을 그리워했다.

밤이면 초라한 거처를 밝히는 유일한 빛인 달빛과,

숲과 무서운 동물들이 그려진 그림과,

바지와 치마 밑에서 열정적으로 들락날락거리는 그림자와,

호롱불의 심지를 자르면서 듣는 음악을 그리워했다.

*

다니자키 준이치로는 단호한 반자연주의자로서의 미학적 입장을 평생 동안 고수했다. 사물에 대한 이해나 서술의 허위성에는 단 한 치의 양보도 용납하지 않았다.

언어는 거짓말하는 존재이다.

우리는 플루톤[3]을 어둠의 왕이라 불렀다.

작가란 거짓말을 하다가 거짓말에 잡아먹혀 그 핵이 되어버린 사람의 내부에서 저 자신을 먹어치우는 언어이다.

*

자신이 거짓말한다는 사실을 숨기는 거짓말쟁이는 거짓말쟁이가 아니다.

소설가만이 거짓말한다는 사실을 숨기지 않는 유일한 거짓말쟁이다.

---

[3] 그리스 신화에 나오는 지하 세계의 왕 하데스('보이지 않는 자'라는 의미)를 가리킨다. 플루토 혹은 플루톤('부자' 또는 '풍요를 주는 자'라는 의미)이라고도 불리는 이유는, 하데스가 생명을 가진 모든 것을 죽여서 자신의 창고에 쌓아두기 때문이다.

*

비밀은 사회의 음지에서, 은폐된 성(性)의 어슴푸레한 빛 속에서 서로를 찾는 개인들을 맺어주는 유일한 관계이다. 왜냐하면 감춰지지 않았다고 주장되는 것은 겉보기에 불과하기 때문이다.

*

독서에는 도착하지 않기를 바라는 기대가 담겨 있다. 책을 읽는다는 것은 떠돌아다니는 것이다. 독서는 방황이다.

(방랑 기사들을 조심하시오! 소설가들을 조심하시오!)

크레티앵 드 트루아[4]는 그런 무리들을 *낯선 땅으로 기이한 탐색 모험을 떠나는 사람들*이라 불렀다.

(방랑 기사들을 조심하세요! 그들은 모험을 추구하고, 불행은 그들의 마음을 사로잡는답니다.)

*

거짓말과 변모(變貌)는 현실 세계, 사태, 인신 매매, 동물 매매와 사물의 매매, 언어의 명령, 집단의 기능을 위한 역할의 횡포,

---

**4** 크레티앵 드 트루아Chrétien de Troyes(1135~1183): 프랑스의 음유시인. 8음절 운문으로 된 기사도 소설들을 썼다.

이런 것들과 맞서서 끝없는 투쟁을 벌인다. 다니자키는 떠오르는 태양의 제국의 질서 반대편 극에 밤 동안 개인이 위치하는 자리가 있다고 여겼다.

*

나는 다니자키가 작성한 목록들에 즉시 다음 목록들을 추가할 필요를 느낀다.

리이찬[5]과 마르쿠스 아우렐리우스[6]의 좀더 노골적이고 수치스러운 목록들.

세이쇼 나곤[7]이나 샤프츠버리[8]의 좀더 세련되고 청교도적인 목록들.

나날이 삶에 드리워지는 어둠의 목록들인 『회상록』의 목록들.

---

**5** 리이찬: 8세기 중국의 문학자. 리이찬이 작성한 목록들을 후에 세이쇼 나곤이 가필하여 차용하였다.

**6** 마르쿠스 아우렐리우스Marcus Aurelius(121~180): 로마의 황제(161~180 재위). 스토아 철학이 담긴 『명상록』의 저자로, 로마 제국의 황금 시대를 상징하는 인물이기도 하다.

**7** 세이쇼 나곤(淸少納言, 966~ ?): 일본 헤이안 시대(平安時代) 중기 궁중 여류문학자. 대표작으로 『마쿠라노소시(枕草子)』가 있다.

**8** 샤프츠버리Anthony Ashley Cooper, 7th Earl of Shaftesbury(1801~1885): 19세기 영국의 사회 및 산업 개혁가이며, 성공회에서 일어난 복음주의 운동을 이끈 지도자였다.

# 제16장  2001년의 목록

에트루리아의 회색빛 호수의 호상(湖上) 가옥촌에 최초의 이주가 이루어진 이후 고여서 썩어가는 호수의 표면.

비 온 뒤에 생겨난 늪과 그 주변에서 불쑥 튀어오르는 흑단처럼 새까만 아주 작은 개구리들.

10시가 되면 카르나크[1]의 모래톱으로 밀려오는 커다란 백색 파도.

빈 참치 깡통을 버리려고 급히 쓰레기통의 뚜껑을 열어젖히자 드러나는 파리Paris의 쓰레기통 안의 불결한 어둠.

나뭇잎 위에 혹은 마른 땅 위의 이삭들 사이에 묻어 있는 달팽이들의 점액.

설탕이 묻어 끈적거리고 진흙으로 더럽혀진 상스[2]의 꼬마들의 손가락들.

---

**1** 프랑스 서부 브르타뉴 지방 모르비앙 주에 있는 마을로서 대서양 해안가에 자리 잡고 있다.
**2** 파리 남동쪽에 위치한 부르고뉴 지방 욘 주의 도시. 키냐르의 집이 있는 곳이다.

진한 쪽빛의 낡은 비단 저고리의 소매.

빗자루로 이 세상의 어딘가로 아무리 밀어내도 영문을 알 수 없이 쌓여만 가는 먼지 더미.

*

베르뇌유의 주방 벽에 기대놓은 어린이용 의자에 부착된 회전 나무쟁반에 놓인, 농익어 온통 즙으로 축축한 배와 넓고 두터운 껍질들.

30년 전 페리고르[3]의 가레에서 어둡고 서늘한 외양간에 불쑥 들어서다 맡았던 오래된 쇠똥과 건초 냄새.

입을 벌려 썩은 젖니를 보여주는 아이. 일단 빠진 젖니는 어두운 생쥐 구멍 안으로 들어간다.[4]

선반 위에 놓인 뿔빗에 엉켜 있는, 아직도 성적 매력을 지닌 여자에게서 빠진 검은색 머리카락.

---

3 프랑스 남부 마시프상트랄의 남서쪽 측면에 해당하는 고지대.
4 프랑스에서는 어린이의 젖니가 빠지면, 부모는 아이가 잘 때 몰래 베개 밑이나 이불 사이에 동전을 숨겨놓는다. 그리고 아이에게 젖니를 가져간 생쥐가 놓고 간 동전이라고 말한다.

# 제17장

나는 혼자 중얼거렸다. "보이는 곳으로 가야지. 내가 모르는 무언가를 보러 가야겠어. 입술이 바르르 떨리겠지. 고통스러울 거야. 물론 그럴 테지."

*

화면에서는 그림자가 지지 않는 얼굴이라야 좋은 영상(映像)이 된다.

작가가 모습을 드러내어 환심을 사는 일이 있었다 해도, 사람들이 추구했던 것은 그의 육체였지, 지면 위에서 헤매며 거의 소리를 내지 않는 사라진 목소리가 아니었을 것이다.

자신의 모습을 드러내는 모든 존재는 보이지 않는 왕국에 등을 돌린다.

*

글쓰기는 자연 언어의 자연스러운 존재 방식이 아니다. 그것은 대화와 무관해진 언어이다. 그것은 낯선 언어이다. '존재를-위한-언어'가 되어버린 언어이다. 옛날에, 즉 신석기 시대에 나타난 최초의 제국들은 글쓰기로 선사 시대의 인류를 몽환과 공상의 세계에서 벗어나게 했다. 인류로 총칭되기 이전의 인류는, 자신의 꿈 속에 묻히듯이, 벽화들이 그려진 동굴 속에 묻혀버렸다. 인류는, 질책하고 최면을 거는 신화적인 음성 언어 저 너머로, 문자의 형태로 고립시킨 언어를 발전시켰다.

인류는 씌어진 글로부터 그보다 더 고립된 언어, 문맥이 없는 언어, 내면 언어, 비밀, 완전히 새로운 어둠의 몫을 만들어냈다.

이미지에 담겨진 목소리, 이미지에서 나오는 목소리의 힘을 또다시 빌린 윤리가 지배하는 세계는 다시금 포악하고 신격화된 사자(死者)들의 세계로 변한다. 그들은 인간을 어린애나 노예처럼 다룬다.

참새처럼, 종달새처럼, 황소처럼 다룬다. 빵과 거울과 천조각을 가지고.

# 제18장 1638년 5월 14일
## 무슈 드 생 시랑[1]의 구금에 관하여

무슈 드 생 시랑은 내면의 자유에 대해 지나치게 엄격한 개념을 지니고 있었기 때문에 그의 사상은 어떤 사회라도 황폐하게 만들었을 것이다. 이런 견해는 적어도 리슐리외[2]가 루브르 궁에서 생 시랑을 접견하는 즉시 품게 되었던 생각이다. 리슐리외는 두려웠다. 그래서 그는 1638년 5월 14일 아무런 이유 없이 무슈 드 생 시랑을 체포했다. 신학적 문제들은 생 시랑의 투옥 이후에 제기되었다. 무엇보다도 단순히 두려움에 속하는 직감이 아닌 것처럼 꾸미려면 그만큼의 현학적인 해명이 필요했기 때문이다.

자신의 세기를 바라보는 생 시랑의 시선은 너무 단호해서 이 세상의 활동을 모조리 비난하는 것처럼 보였다.

---

**1** 무슈 드 생 시랑Monsieur de Saint-Cyran(1581~1643): 장세니슴 운동의 창시자. 1620년 생시랑의 대수도원장이 된 이후로 보통 생 시랑으로 불리지만, 본명은 장 뒤베르지에 드 오랑Jean Duvergier de Hauranne이다.
**2** 리슐리외Armand Jean du Plessis de Richelieu(1585~1642): 프랑스의 추기경, 정치가.

그는 하느님의 가족 관계의 정당성을 부인했다.

직업 활동을 증오했다.

정치적 의무를 경멸했다.

인간끼리의 관계든, 집단 간의 관계든, 전세계의 관계든, 일체의 관계를 배제했다.

극단적으로 과격하게 세상을 벗어나서 살아가는 방식을 권장했다.

은수자(隱修者)들의 집단인 포르루아얄데샹[3]의 울타리 밖에서도 이 역설을 강력히 주장했다.

그는 상대방에게 vous[4]라고 공대를 함으로써 멀어지게 만들었던 무슈 루앵텐[5]이었다. 신학 서적 속으로 영원히 은둔해버리기 바로 직전까지 그러했다.

---

**3** 파리 몽파르나스 구역 포르루아얄 거리에 있는 옛 수도원. 장세니슴의 본거지인 포르루아얄 수녀원(1240년 프랑스 남서쪽 슈브뢰즈 계곡에 설립되었다)의 분원으로 1625년에 세워졌다.
**4** 프랑스어의 2인칭 단수 인칭대명사의 존칭 vous는, 친밀한 사이에 쓰이는 tu와 달리, 심리적 거리감이 있는 상대에게 사용된다.
**5** 'lointain'은 '먼,' 혹은 '먼 곳'의 의미이다.

# 제19장

무슈 드 퐁샤토[1]는 포르루아얄데샹의 창고에서 은둔했다.

무슈 드 퐁샤토는 예전에, 책 속에 파묻히기 전에는 수고본(手稿本)의 미세화들을 수집했었다. 그런데 그 책들을 읽는 데 재미를 붙인 이후로는 오직 독서만을 하며 살았다. 그는 자신이 『모방』[2]에서 읽었던 다음 말을 항시 입에 달고 지냈다.

"나는 온 세상에서 휴식을 찾았으나, 한 권의 책과 더불어 구석진 곳이 아닌 어디에서도 휴식을 발견하지 못했다(*In omnibus requiem quaesivi et nusquam inveni nisi in angulo cum libro*)."

---

**1** 무슈 드 퐁샤토Monsieur de Pontchâteau: 17세기 말 프랑스의 장세니스트. 포르루아얄의 창고, 층계 왼쪽의 2층 작은 방에서 살았다.
**2** 14세기에 나온 작자 미상의 저술. 원제는 『예수 그리스도의 모방 *L'Imitation de Jésus-Christ*』이다.

*

이 세상의 모퉁이에서 — *구석에서in angulo*— 살아가기.

*

사각(死角) 지대에서—그곳에서는 가시적인 것이 더 이상 시선 안에 잡히지 않는다.

인간의 두 가지 리듬(심장과 폐의)이 서로 마주치다 잠시 멈춘 사이, 그리고 그 전후에 두 리듬이 만들어내는 소리의 엑스터시, 아마도 그것이 음악이리라. 이 음악에서 시간이 태어난다.

*

아베르노 호수[3]가 그러하고, 타르타로스[4]에서 들려오는 개 짖는 소리가 그러하다.

고대 에트루리아인들이 베어낸 조상들의 머리나 그 모형을 창 끝에 꽂고 건넜던 호수들이 그러하다.

---

**3** 이탈리아 남부 나폴리 서편의 화산 지대에 있는 화구호(火口湖). 이곳에서 뿜어져나오는 유독한 유황 증기 때문에 어떤 새도 이 호수에서 살거나 호수 위를 날아가지 못한다는 전설도 있다. 빽빽한 숲으로 둘러싸여 있던 이 호수를 가리켜 고대 로마 시인 베르길리우스는 '하데스(지옥)로 들어가는 입구'라고 하였다.
**4** 그리스 신화에 나오는 지하 세계. 지옥 바로 밑에 위치한다.

끓는 송진과 케르베로스[5]가 그러했다. 보이는 것은 보이지 않는 것에 맞서 싸운다. 그러나 보이는 것만이 빛난다. 오직 보이는 것의 승리만이 빛나는 까닭은, 보이는 것은 패배조차도 빛을 발하기 때문이다.

*

보이지 않는 것의 승리는 빛나지 않는다. 이 점을 생각할 필요가 있다.

*

어느 4월 30일, 사람들이 예수를 가야파의 집에서 총독 관저로 끌고 갔다. 아침이었다. 동이 트고 있었다. 빌라도 총독이 관저로 들어와 예수에게 물었다.

"네 나라 사람들과 대제사장들이 너를 내게 넘겼다. 대체 너는 무슨 일을 하였느냐?"

예수께서는 이렇게 대답하셨다.

"나의 왕국은 이 세상 것이 아니로다(*Regnum meum non est de hoc mundo*)."

---

[5] 그리스 신화에 나오는 지옥문을 지키는 개. 머리가 세 개이고, 목에는 성난 뱀이 여러 마리 엉켜 있다.

*

살아 있는 자들은 그림자들이 아니다. 옷을 두르고 빛을 발하는 아마도 죽은 자들일 것이다.

이제 그들은 두 눈을 빛내면서, 똑같은 옷을 입고, 똑같은 화면을 바라보며, 똑같은 욕망을 느끼면서 제물을 바친다.

'민중 선동적인' '평등주의의' '우애 있는' 이란 세 단어는 동일한 태도를 가리킨다. 살인자들은 서로 곁눈질로 감시한다. 자신보다 우월한 모든 것에 대해 함께 혐오감을 나눈다. 그들 모두가 서로에게 몸을 밀착시키고 있다. 마치 보호해달라고, 막아달라고, 붙들어달라고, 약을 좀더 달라고 애걸하면서 바야흐로 빠져나가는 중인 성기라도 되는 듯이 불안을 손으로 꽉 움켜쥔 채로.

분리와 욕망에 대한 공포는, 아무에게도 성적 쾌락을 드러내지 않을 목적으로, 약간의 어둠을 요구하는 자들을 향해 자연스럽게 증오로 바뀐다.

그들에게 자유란 폭동이다.

그들은 잠들지 못할까 봐 두려워한다.

*

지난 세기 초에 발터 벤야민[6]은 사진과 영화의 발명이 그 결과로 밝혀진 것의 내부에 *어둠의 부재*를 끌어들였다고 기술했다.

*

이 두 가지 기술은 자연 내부에서 일어나는 빛과 그림자 놀이의 생생한 아우라를 소멸시켜버렸다.

조명 기술과 비교해서 말하자면, 사진사들은 '촬영prise'이란 용어 외에도 '선명도définition'라는 용어를 사용했다. '음화(陰畵)' 내부에 포착된 존재들의 윤곽의 명료함 여부에 대해 언급하기 위해서였다.

촬영, 즉 포식(捕食)은 살덩어리인 육체를 떠올리는 모든 이들의 시선에서 육체에 붙어 다니는 어둠의 베일을 벗겨냈으며,

드러난 육체를 둘러싼 주변부의 연조(軟調)[7]를 감소시켰다.

어둠이란, 사랑의 행위를 준비하는 육체가 조심스럽게 혹은 쑥스러워하며 옷을 벗는 동안 다소간 미리 예상하는 그런 것이며, 그런 다음에 그 속에서 쾌락이 진행되고 사정을 하게 되는 그런 것이다.

---

6 벤야민Walter Benjamin(1892~1940): 20세기 전반에 활동했던 독일의 중요한 문예사가.
7 사진술 용어. 사진의 원판 또는 인화에 감광부와 비감광부의 차이를 적게 하는 것을 말한다.

*

세상을 지배하는 루시퍼[8]의 힘에 확실하게 쐐기를 박으려면 그의 왕국에 제물을 바쳐야 한다.

그에게 맞서 울타리를 만들거나 제방을 쌓는다 해도 그것은 그의 확장력에 의해 곧 무너지게 될 것이다.

이 대해(大海)에는 해안이 없다.

전부가 침수되었다.

물고기들이 또 수면 위로 올라온다. 죽지 않으려고 들이마시는 공기 한 모금.

그 한 모금이 독서이다.


*


플루톤은 다른 세계의 신이다.

그는 어둠 속에서 *바라보는 자*이다.

셰익스피어가 이렇게 썼다. "플루톤은 오르페우스[9]가 음악을 연주하는 동안 눈을 감는다."

**8** 기독교의 추락천사의 이름. 애초에는 천사들의 우두머리였으나 신과 적대하여 추방되었다.
**9** 고대 그리스 전설에 나오는 노래와 연주에 능한 인물. 그는 독사에 물려 죽은 아내 에우리디케를 구하러 위험을 무릅쓰고 지하 세계로 내려간다. 그의 음악과 슬픔에 감동한 지하 세계의 왕 하데스가 에우리디케를 데리고 생명과 빛의 세계로 돌아갈 것을 그에게 허락하지만, 뒤를 돌아보면 안 된다는 조건을 어겼기 때문에 다시 에우리디케를 잃고 만다.

고대 그리스에서 플루토스*ploutos*란 단어는 어둠 속에서 빛나는 재물, 즉 금은보화를 의미했다.

플루톤*Ploutôn*은 '지하에-묻힌-보물들의-은닉자'인 신이었다.

플루타르코스*ploutarchos*는 그리스어로 묻혀 있는 풍요의 주인을 의미한다.

*

라틴어 *vulgus*(대중)는 그리스어 *démos*의 역어(譯語)이다.

범속성vulgarité은 우리의 영혼이다. 예를 들어 속어langue vulgaire가 그렇다. 우리의 영혼*psyché*이 대중*vulgus* 언어의 메아리를 울리게 한다.

언어를 사용하는, 점점 더 동질적으로 문명화되고 집단적으로 변해가는 가족 내부의 삶. 이질성은 인간의 운명이 아니다.

문화적 · 역사적 동질성, 그것이 인간의 운명이다.

본래의 자연스러운 이질성, 그것은 예술의 운명이다.

파편화는 예술의 영혼이다.

민주주의 체제의 상호 교환 가능한 균일한 존재들은 소설 세계의 예측 불가능한 인물들과 대응된다. 돈*stips*에 문자*littera*가, 대중*vuglus*에 개인*individuum*이, 대중의 분주함*negotium*에 귀족의 유유자적*otium*이 각기 대응된다.

*

서로 연령이 다르고, 성(性)이 다르고, 역할이 동등하지 않으며, 문명들이 섞일 수 없는 한 세계가 있다.

무지한 사람과 학식 있는 사람이 대등하지 않고, 말과 글이, *대중vulgus*과 *개별자atomus*가, 미개인과 문명인이 동일한 '목소리'를 지니지 않은 한 세계가 있다.

하나의 다른 세계가 있다.

*

레테[10] 강 기슭에 속하는 세계가 있다.

이 기슭은 기억이다.

이 기슭은 소설과 소나타의 세계, 덧창을 반쯤 닫고 사랑을 나누는 벌거벗은 육체들이 빠져드는 쾌락의 세계이다. 혹은 덧창을 더 잡아당겨 한밤의 어둠을 만들어내거나, 상상으로 어둠을 지어내는 백일몽의 세계이다.

무덤 위에 앉은 까치들의 세계이다.

책을 읽거나 음악을 들을 때 요구되는 고독의 세계이다.

---

**10** 그리스 신화에 나오는 에리스(분쟁의 여신)의 딸이며 망각의 화신. 또한 지옥 세계의 강이나 평원의 이름이기도 하다. 기억의 샘(므네모시네)과 망각의 샘(레테)은 지하 세계의 입구로 여겨지던 레바데이아 근처에 있다고 전해진다.

생각이 하염없이 떠돌다가 문득 강렬한 흥분에 사로잡히는 포근한 침묵의 세계이며, 나른하고 희미한 빛의 세계이다.

*

살덩이가 곧추서거나 벌어져 열리는 그곳.

우리는 태생 동물들이다. 태어나기 전에 우리는 그곳에서 살았다. 호흡을 시작하기 전에 우리의 심장은 뛰었다. 입술이 공기의 존재를 알아차리기 전에 우리의 귀는 들었다. 우리는 어두운 물 속에 잠겨 있었다. 눈꺼풀이 열리기 전에, 두 눈이 부셨다가 멀었다가 고정되기 전에, 목구멍이 말랐다가 한 순간 막힌 다음 공기를 들이마시고, 안도감을 주는 억양의 말들을 흉내내게 되기 전에.

*

하느님께서 진한 흑포도주가 담긴 항아리를 밀어내셨다.

그리고 갑자기 식탁에서 일어나, 겉옷을 벗고 수건을 허리에 두르신 뒤, 물병을 집어 대야에 물을 붓고, 무릎을 꿇고서, 그를 에워싸고 있던 젊은이들의 발목과 발과 발가락들을 씻었고, 제자들 모두의 엄지발톱까지 씻어주셨다.

그는 발가락들의 물기를 닦고 나서 이렇게 말씀하셨다.

"만일 너희가 이 세상에 속한다면, 세상은 자신에게 속한 것을 사랑할 것이다. 그러나 너희가 이 세상에 속하지 않으므로, 그 때문에 세상이 너희를 미워한다(*Si de mundo fuissetis, mundus quod suum erat diligeret. Quia vero de mundo non estis, propterea odit vos mundus*)."

그러고 나서 그는 사랑과 충성을 맹세하는 베드로를 향해 돌아서서, 친구임을 장담하는 베드로 자신이 다음날 새벽닭이 울기 전에 그를 세 번이나 부인할 것이라고 노기 띤 목소리로 말씀하셨다.

*

그들은 아비에게서 물려받은 집들을 헐어버렸다.

그들은 아비의 무덤도 만들지 않았다.

아비들은 자식들을 기쁘게 할 목적으로 물려줄 보물들을 지붕 밑 방에, 지하실에, 공원의 철책 뒤에, 박물관 내부에, 은행의 금고에 넣었다. 아름다운 보물들을 보지 못하게 되자, 아름다움에 대한 감각이 그들에게서 사라졌다. 대중 언어의 사용으로 개인의 영혼을 숨 막히게 하던 끈을 느슨하게 해주던 수사학, 언어의 기슭에 있던 그 수사학마저 우리는 쓰레기장에 내팽개쳤다. 죽음조차도, 그것이 마치 지난 시기의 오물이라도 되는 것처럼, 친지들의 가책을 덜어주는 죽음의 의식 속으로 내던졌다. 그 존재로 인해 우리가 거북해지고, 그 육체가 부패하며 피우게 될 냄새로 우리가 고역을 치르게 되어서는 안 되기 때문이다. 우리는 또한 자연 그 자체, 즉 옛날의 맹수들, 맹금류, 밀림, 덩치 큰 동물들을 대량 학살로 멸종시키거나, 가축으로 길들여 농가로 보내거나, 혹은 동물원의 주인공으로 만들었다. 이름을 빛내려던 옛사람들의 욕망, 수줍음으로 인해 놀라울 만큼 증대되는 성적 쾌감, 작품으로 드러난 자랑스러운 구상, 노래가 불러일으키는 무시무시한 공포, 이런 것들의 이름이 더 이상 입에 오르내리지 않게 되었다. 다가오는 시대, 폐기물과 잔해들, 쓰러져가는 궁전들, 땅을 시체더미로 뒤덮고 폐허를 평평하게 다지고 들어서는 도시들과 사람들, 사라진 것은 바로 실종 자체이다. 인간의 복합 언어의 부재로 야기된 횡포가 아무런 제약 없이 빛의 매혹으로까지 미치고 있다. 이미지들, 인공 중독제들, 전세계적 브랜드의 의상들, 기업의 제품들은 누구나 선망하는 우상이 되었다.

대다수와 (마음이 약해서 혹은 내분 때문에 미처 대비하지 못한) 모든 사람들의 틈새에 비켜나 있던 몇몇 사람은 압사했다.

아름다움, 자유, 사상, 인간의 문자 언어, 음악, 고독, 두번째 왕국, 연기된 쾌락, 짧은 이야기, 사랑에 빠진 여인의 정표, 관조, 통찰력, 이런 것들은 모퉁이에 불과하다. 다시 말해서 단 한 가지 것을 지칭하는, 즉 주체와 현실과 언어 사이의 유일한 관련을 지칭하는 다양한 이름들에 지나지 않는다. 이름이야 아무러면 어떠랴. 이런 것들이 실종된 이후에 태어난 사람들은 기억마저 흐릿해서 향수(鄕愁)로 인해 괴로워하지 않는다.

*

　세계는 늙어갈수록 시간 속에서 점점 더 멀어져갔다. 시간 속에서 과거가 멀어질수록, 과거의 소멸은 더욱 돌이킬 수 없어 보였다. 소멸이 돌이킬 수 없어 보일수록, 과거에 대해 어렴풋한 기억을 지닌 버림받은 자는 더욱 절망에 빠져들었다. 과거의 소멸로 인해 버림받음이 가중될수록, 향수는 더욱 심해졌다. 향수가 확산될수록, 불안도 심해졌다. 불안이 마음을 짓누를수록, 더욱 목이 메었다. 목이 메일수록, 목소리에 더욱 힘이 들어갔으며, 그것이 최초의 새벽이고 최초의 태양이다.

# 제20장

나는 모가도르[1]의 낡은 빌라의 테라스에 말려야 할 셔츠를 널었다. 빌라는 흰색이었다. 안개에 감싸여 빌라는 하얀 난간 위로 확장되는 듯 보였다. 나는 바다를 바라보았다. 해가 뜨느라 피어오른 안개가 이미 카르타고의 항구를 침범하고 있었다.

왼쪽에 있는, 이슬람교도 거주지도 안개 속으로 사라졌다.

나비 떼의 습격이 있었다.

*

바다는 거품 한 점 없이 매끄럽고, 몹시 반짝였으며, 눈부시게 빛났다. 파도는 하나같이 일어나서 전진하는 커다란 황금빛 기와처럼 보였다.

---

1 모로코 서부의 텐시프트 지방에 있는 항구 도시인 에사우이라의 옛 이름. 사피와 아가디르 중간 지점에 있다. 한때 카르타고의 지배를 받았던 곳이다.

# 제21장  심지 자르는 가위

인도인들의 교리[1]로 정신을 함양했던 나라는 고대 중국과 고대 일본만이 아니었다. 아우구스투스[2]와 마르쿠스 아우렐리우스의 고대 로마 제국의 원로원도 그 교리를 받아들여 전파했다. 회의주의자들이 바통을 이어받았다. 바로 아베니르의 아들인 여호사밧[3]의 왕국이었다. 여호사밧은 발람[4]에게 패했다. 그는 발람에게 이렇게 말했다. "세상은 허망한 이미지들로 짜여진 피륙에 지나지 않소. 수레에 올라탄 사람들, 네 발로 기는 어린애들, 상아

---

**1** 인도의 베다 문서에 기록된 신 미트라('친구'와 '계약'을 의미한다) 숭배를 말한다. 미트라는 사람들 사이에 좋은 관계를 확립하는 것을 중시하는 중재자이면서, 태양의 신이며, 맹세의 대상이었다. 이란에서는 조로아스터교 이전에 태양, 정의, 계약, 전쟁의 신인 미트라를 숭배하는 미트라교가 있었다.

**2** 아우구스투스Caesar Augustus(B.C. 63~A.D. 14): 로마의 초대 황제. 옥타비아누스라고도 한다.

**3** 여호사밧Jehoshaphat(Yehoshaphat. Josaphat이라고도 한다): 이스라엘에서 아합이 다스리는 동안 유다를 다스린 왕(B.C. 873경~B.C. 849경 재위).

**4** 발람Balaam(원서의 Barlaam은 오기로 보인다): 모압 평야에 진을 치고 있는 이스라엘 사람들에게 저주를 내려달라는 모압 왕의 간청을 받지만, 야훼 편에 충직하게 남아 이스라엘 백성을 축복한 비(非)이스라엘 예언자이다. 구약성서(「민수기」 22~24) 참조.

가 여섯 개인 코끼리들, 황금 궁전과 궁륭(穹窿)들, 거대한 망토처럼 펼쳐진 설경(雪景), 루비와 청금석(靑金石), 삼현 혹은 오현 악기들, 8만 4천 명의 궁녀들, 1년 주기로 저 혼자 회전하는 만자형〔卍〕 같은 이미지들로 말이지요. 세상이란 부채처럼 펼쳐진 공작새의 꼬리 같은 것이오. 이미지란 하나같이 환상과 그 얼빠진 추종자들에게 협력하며, 환상과 추종자들의 재생산에 기여하고, 끊임없이 스스로의 증식을 꾀하는 법이라오." 역사는 고함을 지르면서 끝없이 반복되는 일련의 음모들의 연속이다. 우리는 살인의 목록을 작성해볼 수도 있는데, 그것이 '왕들의 연대기 작성'이라 불리는 것이다. 공간은 상투적 이미지의 연쇄이고, 시간은 변함없는 원인의 연속인 까닭에, 자신의 과거를 잘라내지 못한 사람은 과거를 다시 살지 않을 수 없다. 실재계le réel는 결코 현상계la réalité의 한 이미지가 아니다. 실재계는 수수께끼이다. 수수께끼라는 산스크리트어 단어가 *브라만brahman*[5]이다. 그것은 영원하며 놀랄 만큼 활기찬 현재이다. 브라만은 불가해하고 환각을 일으키는 두 가지 특성[6]을 지닌다. 나는 독일어 ersatz[7]가 *brahman*의 역어(譯語)일 것이라 추측한다. 잠든 영혼은 무의지적으로 상연되는 연극을 바라보는 관람자이다. 잠들었던 사람의 정신이 잠을 깨어 눈꺼풀을 들어올리자 거울이 텅 비어 있다는

---

**5** '우주의 최고 원리'를 나타내는 인도 철학의 용어. 한자로 범(梵)이라 한다. 특히 우파니샤드 문헌 및 베단타 학파에서 중시하는 개념이다. 의미에 관한 한 신성한 '베다의 말' 혹은 '천상의 불' '우주의 수수께끼,' 만물의 근거가 되는 '힘의 관념' 등 정설이 없다.
**6** 유일무이한 브라만이 현상계에서 잡다하게 나타나 변화하는 데서 기인한 특성이다.
**7** 보상, 대용, 대체(물)의 의미.

사실을 알아차린다. 신들은 없다. 믿음이란 포유동물의 한낱 꿈에 지나지 않는다. 정치, 가족의 출산, 사회생활, 형이상학적 사고, 이런 것들 역시 연극 공연이다. 이 연극에서 영혼은 한 배역을 맡아 연기하기를 꿈꾼다. 이제 곧 창을 휘두르게 될 것이고, 지금은 구두 뒤축을 요란하게 바닥에 내려놓는 중이며, 눈에서는 불길을 내뿜는 그런 역할을 꿈꾸고 있다.

개인들*individua*은 오직 각성 상태에 가까워지기를 바랄 수 있을 뿐이다.

붓다*buddha*라는 단어는 단순히 깨인 자를 의미하는 보통명사이다.

그런데 수면 중의 꿈 속에서 욕망이 일어나고 있는 사람이 잠에서 깨어나기란 참으로 언짢은 일이다.

아이를 가질 수 없는 한 지어미가 판매대에 진열된 인형들을 살며시 만져본다.

*

자연에서 단편(斷片)들은 존재하지 않는다. 가장 작은 조각도 나름대로 전체이다. 부스러기 하나하나가 우주이며, 이 우주는 골목 안 가게 진열대에 놓인, 불임 여성이 손으로 쓰다듬는 인형의 머리에서 빠진 한 올의 머리카락이기도 하다.

우리는 전체를 잃었다.

전체가 망망대해의 수면 위를 물방울처럼 떠다녔다.

바다란 무엇인가?

모든 대양은 시간이 흘린 한 방울의 눈물이다.

존재의 깊은 곳에서 누가 울고 있는가?

*

매번 바다는 앞으로 밀려온다.

매번 바다는 뒤로 물러간다.

파도가 칠 때, 바다는 황금빛 *기와*를 내민다.

파도가 잦아질 때, 바다는 안쪽으로 휜 주머니 모양의 어둠을 뒤로 밀어낸다.

환영과 혼돈 사이에서 실재계는 마치 장난치는 어린애처럼 나타난다. 심리적인 동요는 상상으로 인지되는 만큼 그 영향도 제멋대로이다. 나타나는 실재계 내부의 시간은, 이 세상이 환상적인 것과 마찬가지로, 알 수 없는 것이다. 세대라는 씨실과 변모라는 날실이 설명할 수 없는 성급하고 동일한 도안을 그려나간다. 요컨대 기분 내키는 대로 장난을 치는 이 어린애는 같은 말을 되뇌는 요설(饒舌)의 노인이다. 그것은 옛날부터 고양이가 쥐를 노리는 것과 마찬가지의 반복이다.

불시에 우리를 덮치는 것은 언제나 우리가 익히 알던 무엇이다.

베다[8]의 한 구절이다. "나는 거울 앞에 있는 에코이다."

형상의 에코(어머니에 의한 육신의 재생산)에게, 소리의 반

영(아버지의 언어에서 이미 사용되었던 오래된 이름들의 잔재)
에게 기습당하지 않을 방도란 없다.


*


　육체, 성(性)의 차이, 죽음, 애정, 이런 것들은 마치 황색 수선
화나 잉어들, *브라만brahman*이라는 말, 네모꼴 고리들이 그렇
듯이 반영이다. 한 성과 다른 성이 갑자기 부르르 떨면서 서로 끼
워 맞춰지듯이, 사물의 부속품들이 서로 결합되듯이, 영혼들도
이동한다. 영혼은 어머니에게서 딸에게로, 흰 애벌레나 고치에게
서 나비와 풍뎅이로, 가수에게서 탬버린으로, 살인자에게서 류트
와 비올라로 옮겨간다. 그것은 흐름이다. 그것이 설명할 수 없는
것을 설명할 수 있게 해준다.
　투카람[9]의 말이다. "나는 끔찍한 재난들로 고통을 겪었다.
내 과거로 인해 또 무슨 일을 겪게 될지 나는 알지 못한다."
　플로티노스[10]가 말하기를 이어지는 환생은 마치 한 사람이
침대를 바꿔가며 잠을 자는 것과 같다고 했다.
　모든 꿈, 말, 행위, 의도, 이런 것들이 다음에 올 육체를 짓는다.
　산스크리트어 *카르마karma*는 이 피륙의 결을 뜻하는 단어


**8** 인도 최고(最古)의 성전(聖典). '지식'을 뜻한다. 타고난 재능을 지닌 시인들이 신의 계
시를 감지하여 그 시적 통찰력으로 썼다 하여 천계(天啓) 문학이라고도 한다.
**9** 투카람Toukârâm(1608~1649): 인도의 시인.
**10** 플로티노스Plôtinos(205~270): 고대 철학자. 신플라톤주의 학파의 창시자로 여겨진
다. 3세기 로마의 지식인, 문필가 집단의 중심인물이었다.

로서, 의미를 참작하지 않은 행위들의 소산을 가리킨다.

*

행위들이 타오른다. 성기들이 뜨겁게 달아오른다. 모든 게 활활 타오르고 있으며, 모든 게 욕망이다. 모든 게 대체물ersatz에 대한 갈증이며, 우리를 대체물로 끌어당기는 죽음에 대한 갈증이다. 모든 게 예속성과 수면이다. 인간의 의식은 밤에 켜놓은 등잔의 불길에 비유될 수 있다. 이 불길은 심지를 잘라 조절할 수 있다.

산스크리트어 *니르바나nirvana*는 심지의 불을 끄거나 심지에서 연기가 나지 않게 하는 데 쓰이는 두 갈래 진 가위를 가리킨다.

아무도 꿈을 꿈꾸지는 않는다는 사실을 꿈은 알고 있다.

이미지와 무néant 사이에는 심연이 가로놓여 있다. 심연을 건널 수 있는 단 하나뿐인 가교가 있다. 과묵한 기사 랑슬로[11]가 검(檢)의 다리 위로 나아간다. 가교는 너무나 위태로워 감히 건널 엄두를 내는 사람이 없으며, 그 다리를 건넌 누군가가 있었는지조차 아무도 말하지 못한다(왜냐하면 이 꿈의 뒤에서 꿈을 꾸는 자는 없기 때문이다. 즉 어떤 신〔神〕도 심연 위에서 흔들리는 이 가교를 지켜주지 않기 때문이다).

---

**11** 12세기 프랑스의 시인 크레티앵 드 트루아Chrétien de Troyes가 쓴 모험 이야기 『수레 위의 기사 랑슬로』에 나오는 인물. 왕비를 구하기 위해서는 물밑으로 지나가는 다리와 검의 다리 중 하나를 택하지 않으면 안된다. 랑슬로는 더 위험한 후자를 택한다.

그는 장갑을 벗고 칼집 없는 검을 잡는다.
그것이 예술이다.

# 제22장

일단 손가락으로 불꽃을 틀어쥐자 즉시 어둠이 에워싼다.

루아르 강의 출렁이는 물결보다 더 낮은 지하 감옥에 있던 시아그리우스의 벌거벗은 사지와 밀어버린 머리통을 어둠이 에워쌌으므로.

로마의 마지막 왕은, 어디선가*ubi* 자신이 죽을 것이므로*cum moriebatur*, 이렇게 물었다*quaesivit.*

그 세계가 나타났던 *어딘가*는 어디였는가?

그 세계가 사라졌던 *어딘가*는 어디였는가?

그는 (자신이 죽을 것이므로) 심지 자르는 가위의 날들이 어디 있느냐고 물었다. 소멸은 어디 있느냐고, 꿈 없는 잠은 어디 있느냐고 물었다.

반영(反映)이 비치지 않는 거울은 어디 있느냐고 물었다.

# 제23장

우리는 어디 있는가? 오로라의 중심에.

우리는 언제 사는가? 우리는 지상에 별이 출현할 때 태어난다.

에스키모inuit의 모든 신화가 오로라대[1]에 사람들(에스키모 어로 *Inuit*는 '사람들'을 의미한다)이 정착하게 된 사실을 설명하고 있다.

모든 이야기에 나타나는 첫번째 전조는 봄〔春〕이 오기(연어들의 모천 회귀, 생식, 재생)에 적합한 별자리였다.

사람들이 하는 이야기에서 우리가 기다리는 귀환의 유일한 주인공은 바로 봄이다.

그렇기 때문에 봄은 주인공들의 시간이다.

그러나 탐색 한복판의 *탐색investigium*은 오로라다.

오로라를 생각하면 묘하다. 그것은 언제나 다시 떠오르는 태

---

[1] 오로라가 가장 자주 보이는 남북 양극 지방의 지구자기위도 65~70도 범위의 지역을 말한다.

양이다.

추구되는 대상은 첫번째 시기, *primum tempus*, 즉 봄 printemps이다. 사회가 생겨날 즈음 유목민이 탐색하던 대상은 시간의 힘, 시간의 최초 시기, 시간의 강한 시기 그리고 굶주림 이후에, 자연의 혜택이 줄어든 다음에, 겨울의 죽음을 통과한 뒤에 살아 있는 것, 발육하는 것, 태어나는 것의 귀환이었다.

시간을 인간으로 치자면, 과거의 내용은 새로움, 재생, 근원, 솟구치는 생명이다. 고대 로마에서는 새로운 단어가 문제를 일으켰다. 새로운 단어는 비(非)과거, 관습의 비(非)보존을 의미하기 때문이었다. 로마인들은 새로운 것이란 테마에 대해 가장 오랫동안 심사숙고했던 고대 민족이었다. 다음은 클로드 황제가 했던 아주 이상한 말이다. "가장 오래된 것들이 가장 새로운 것이었다."

*세상의 종말Novissima.* 최후의 것들이 최초의 것들이다.

(가장 오래된 것들이 가장 새로운 것이었다.)

＊

새벽에는 상상과 현실 간의 구분이 없다.

*앞선 세기들Ante saecula*도 마찬가지이다.

새벽에는 영원한 광기와 영원한 공포가 있다. (동물의 경우도 마찬가지일 것이다. 사나운 동물이 극도로 겁에 질리는 이유는 그래서이다.)

*

시간은 덤벼드는 행위가 뒤따르는 포식자의 노리기에서 유래한다.

시간의 조상은 죽도록 추는 최초의 춤이라는 두 가지 시간 속에 숨어서 살았다.

시간의 근본은 경계 태세이다.

경계 태세를 취하기.

끊임없이 경계 태세를 유지하기.

인간이기 이전의 순수 상태인 삶에 속하는 시간의 팽팽한 긴장.

경계 태세는 본원적 상태에서의 체험이다.

그것은 먹이의 삶, 경계 태세이다. 그것은 포식(捕食)과 죽음에 대한 전의식(前意識) 상태에 있는 먹이의 삶이다.

# 제24장

나는 오로라를 잘 알고 있었다. 오로라를 놓친 적은 한 번도 없다. 비행기에서조차 스튜어디스가 닫으라고 지시한 작은 플라스틱 덧창을 반쯤 열고 살짝 엿본다. 하늘에서의 순환 시차 내에서 몇 시가 되든, 나는 빛이 밝아오는 시간을 알았다.

희미한 빛 뒤편에 지상의 불확실한 문턱이 있다.

오로라가 하루에 속하는 것은 봄이 한 해에 속하는 것, 즉 아기가 죽음에 속하는 것과도 같다.

*

오로라는 강과 호수 위로 퍼진 희뿌연 안개를 걷어낸다. 안개는 떠오르는 태양과 그 주변의 대기권에 퍼진 반사광 사이에 놓인 베일이다. 태어나는 순간의 태양을 우리가 볼 수 없는 것은 바로 태양 자신의 열 때문이다. 태어남의 시초에 무엇이 시작되는지 우리는 결코 알지 못한다. 모든 원인들은 우리 생각으로 사후에 정리된 허구이다.

태어남이 진짜로 끝나는 순간에 무엇이 끝나고 있는지를 우리는 결코 알지 못한다. 모든 결별은 결별이란 단어에서 결론을 끌어낸다고 우리가 믿고 싶어하는 한 마디 말이다. 그런데 이 말로서 시작되는 것은 아무것도 없으며, 종결되는 것 또한 아무것도 없다.

# 제25장

1999년 8월 나는 에피뇌유 읍에서 온 상자 여섯 개와 책이 잔뜩 들어 있는 칙칙한 황마(黃麻) 우편 자루 두 개를 욘 강의 기슭에 하역했다. 나는 그것들을 잔디밭으로 끌어올렸다.

이미 여름으로 들어설 무렵이었다. 아무도 만나게 되지 않기를 바랄 뿐이었다.

한 사람도 보이지 않았다. 어린애마저 보이지 않는다. 말벌조차 없다.

잔디밭에 펴놓거나 조금 멀리 토끼풀의 탐스러운 흰 꽃들 위로 끌어다 펴놓은 긴 천 의자에 누워 책을 읽을 때면 나타나던 험상궂은 커다란 풍뎅이마저 없다.

사람들이 잠이 들면, 먼지 쌓인 다락방의 바짝 마른 널빤지 위로 조르르 달려가던 들쥐도 없다.

꿈을 꾸고 있을 때 갑자기 우리를 무는 암모기조차 없다.

꿈속에 나타나는, 암모기보다 더 고약한, 기억조차 없다.

언어 자체가 없다.

하늘을 가로질러 가는 비행기 한 대 없었다.

대기 중에는 트랜지스터라디오의 작은 소리조차 들리지 않았다.

트랙터 모터에 대한 기억조차 나지 않았다.

잔디 깎는 기계 한 대 없었다.

교미하는 수탉 한 마리 없었다.

개 한 마리 없었다.

댄스 파티도 없었다.

주변에는 내가 모든 일을 중지하고 자살하고 싶은 욕망을 느끼게 할 만한, 쾌활함으로 가장된 어떤 소음도 없었다. 행복이 솟아올랐다. 나는 책을 읽었다. 행복에 휩싸였다. 나는 여름 내내 책을 읽었다. 여름 내내 행복에 휩싸였다.

# 제26장  영원한 불사(不死)의 왕

만일 무엇인가가 무(無)에서 비롯된다면, 무시무시한 존재들, 울부짖는 여자들, 말없는 전사들, 탱크들, 용들, 새들, 뱀들이 바다나 하늘에서 계속해서 튀어나오는 것을 보게 될 것이다. 우리는 별안간 하늘에 비행기들이 나타나 탑을 향해, 상징물을 향해, 막대한 부(富)를 향해 날아가는 것을 보았다.

*

사람들이 체험하는 가장 해로운 유혹은 악(惡)이 아니다. 돈도 아니다. 향정신성 쾌락과 그로 인한 다양한 엑스터시도 아니다. 권력과 그로 인한 온갖 부정부패도 아니다. 승화와 그로 인해 일어나는 모든 상상적 감정도 아니다. 그것은 죽음이다.

*

마시용의 말이다. "영원한 불사의 왕에게 봉사하는 사람들에게 시간의 보상은 합당치 않음을 기억하시오. 사랑이 용납되지 않는 무엇을 잃는 일은 행복하다는 사실을 기억하시오."

영원한 불사의 왕은 죽음이다.

*

10만 년 전쯤 인류는 죽음을 발굴해냈다.

고안물로서의 죽음이 아니라면 충동으로서의 죽음.

(사비나 스필라인이 빈의 수요 집회 때 죽음의 충동이라는 표현을 찾아냈다.)

2001년 9월 11일 화요일, 육안에 잡힌, 뉴욕 시 상공의 청천 하늘에서 일어난 죽음의 폭발.

포식자가 죽고, 먹이가 죽고, 포식 행위가 죽는다—바라보는 순간에 모두가 죽는다.

*

이 불길 속에서*In hac flamma.*

리틀 보이*Little Boy*[1]의 버섯구름처럼 육안에 잡힌 죽음의 충동.

프로이트가 한 결정적인 말, 즉 전쟁 공포*Kriegspanik.*

(프랑스어로 '전쟁 분위기atmosphère de guerre'라고 이상하게 번역된.)

*

이곳에 없음*Absentia.* 결석하다*Abesse.* 죽음의 생생한 충동.

이즈미 시키부[2]의 말. "불길 위로 치솟는 연기를 보면, 나는 이런 생각을 한다. '누군가 나를 이렇게 보게 될 때는 언제일까?'"

불길의 '가까이'에서. 그 자리에 있음*Praesentia.* 불길에 존재하는.

출석하지 않은 자는 대답할 수 없다.

자연 언어의 발굴 가까이 있지 않은 자는 대답할 수 없다.

질문의 발굴 근처*prae*에 있지 않은 자는 질문할 수 없다.

발굴 지역에서 비인간적 부름에 대답하지 않는 자.

---

1 1945년 8월 6일 새벽 히로시마에 투하된 원자폭탄의 별칭. 그보다 2주 전 앨러머고도에서 시험된 플루토늄 원자폭탄인 '팻 맨Fat Man'과 구별하기 위해 붙여진 별명이다.
2 이즈미 시키부(和泉式部, 976경~1036경): 일본 헤이안 시대 중기의 여류 와카(和歌) 시인.

# 제27장  성 바르톨로메오 축일

예술은 진보를 모른다. 경이로움은 시간을 초월한다. 사슴의 뿔과 뿔, 야수와 야수, 라스코 동굴의 축축한 내벽에 그려진 벽화와 벽화, 스타비아이[1]의 안뜰에 열린 새빨간 버찌와 버찌, 에르콜라노[2]의 성벽에 그려진 죽은 토끼와 암 티티새, 그것들 가운데 어느 것이 더 아름다운가? 도덕에는 진보가 없다. 지난 세기 중반의 수년 간을 관찰해보건대, 혹은 지난 세기 말이나 초의 수년 간을 조금이라도 검토해본다면, 전혀 과오가 줄어들지 않았음을 알 수 있다. 다음 세기로 접어드는 몇 년 간이야말로 역사상 유례가 없는 심연이다. 심연abîme이란 그리스어로서 *바닥이 없는 것*을 의미한다. 이 최초의 심연이 두 시기를 가르고 있다. 심연의 이전이 있었다. 아마 전후(戰後)*post-bellum*도 있을 테지만, 이제부터 이

1 이탈리아의 나폴리 만 남서쪽 끝에 있는 고대 도시.
2 이탈리아의 나폴리 남동쪽에 있는 고대 도시. 예전에는 헤르쿨라눔Herculanum으로 불렸다.

단어의 정의는 인간의 언어가 구축한 시간과 관련된 문제가 된다. 더 이상의 유례가 없을 정도로 아찔한 이 심연은 돌이킬 수 없는 과오보다 끝없는 두려움에 더욱 골몰한다. 지구가 찾아낸 자멸의 가능성에서 기인된 이 강렬한 공포로 인해, 변함없이 급진적이고 예측 불가능한 방식으로 미래에 오리라 여겨지는 무엇 속에서 싹트기 시작하는 것에 대한 생각 자체가 황폐해진다. 인간의 뜻에 따라 자연의 아름다움이 지구 상에서 사라지고 있다. 에로틱한 욕망이 이처럼 갑작스런 제재를 받았던 적은 없었다. 죽음, 불안과 신음 소리는 더 이상 일상의 오점이 아니라, 독신자(篤信者)가 되어버린 만큼, 더욱 전능해진 여왕 같은 존재들이다. 사람들은 돈을 받고 물을 판다. 돈을 받고 죽은 사람을 땅에 묻는다. 돈을 받고 햇빛을 판다. 바다는 해적들로 넘쳐나고, 하늘에서는 항공기 납치범들이 활개를 친다. 그들이 최초의 신의 대리자인 양 영웅 대접을 받는다. 모든 나라가 제가끔 신의 선택을 받았다고 믿으면서 숨을 내쉬듯 난민 행렬을 뿜어낸다. 신들과 그들을 섬기는 공포의 수행 대열이 돌아왔다.

*

우리가 살고 있는 세계는 역사의 흐름에서 하나의 예외이다. 이례적인 비극으로 세계는 해체되었고, 과거를 돌아보는 시선이 비극에 추가되었으며, 이번에는 이 시선이 세계를 해체한다. 두 심연. 1. 원자폭탄 리틀 보이의 시한신관(時限信管)을 끊게 만든 독일의 강제 수용소, 2. 처음으로 역사에 모습을 드러낸 과거의 화신. 20세기 동안 인간의 과거에는 일거에 수십만 년이, 전혀 연구된 바 없는 수천 개의 원시 사회가, 지속된 아득한 옛날이, 발굴되지 않은 땅덩어리 하나가 통째로 늘어났다.

인간의 흔적이, 시선에 보이지 않는 것까지, 빠르게 증식하기 시작했다.

그것은 인간의 *자취vestige*를 남기기 위해서다.

*

인간의 *얼굴visage*로 말하자면, 노예 상태, 기독교, 참호, 유독 가스, 파시즘, 집단적인 강제 수용, 세계 대전, 공산주의 독재, 민주적 제국주의가 결국 그 형상을 망가뜨렸다. 더 이상 환각을 일으키는 인류는 존재하지 않는다. 돌이킬 수 없고, 기상천외하고, 격렬하고, 끔찍하며, 놀라운 방향 상실이 있을 뿐이다.

*

나는 지구 상에서 전쟁이 세계로 확산된 연대를 1853년으로 추정한다. 아메리카 인디언들의 집단 학살과 그들의 '이주'('transportation'이란 단어는 이후 수십 년 동안 독일인들과 터키인들에게 영감을 불어넣었던 미국 말이다) 이후에, 아프리카 흑인들의 집단 학살과 민주적으로 표방된 차별과 노예 제도 이후에, 미국인들은 나머지 세계로 시선을 돌렸다.

매튜 페리[3] 해군 준장은 1853년 여름 동안 에도[4] 만(灣)에서 두 차례의 세계 전쟁을 일으켰다.[5]

가신들의 보고를 받은 일본 영주가 정박지에 닻을 내리고 있는 미국 함선들을 근심스럽게 지켜보았다. 그는 미국 장교에게 다음과 같은 전갈을 보냈다. "우리는 우리 영토에 마귀 같은 인간들이 침투하기를 원치 않는다. 우리는 당신들이 고국으로 돌아가 조상들의 거룩한 보호하에 살아가기를 촉구한다. 왜냐하면 예전에 기독교인들을 겪어본바 우리는 매우 불만스러웠기 때문이다."

페리 해군 준장은 회답을 대신하여 함대의 통화관에게 선박 뱃머리에서 에도의 영주를 향해 이렇게 소리를 지르게 했다.

"자유 교역을 하도록 국경을 개방하시오. 그렇지 않으면 무력을 행사하여 당신들이 강제로 법을 따르도록 하겠소."

페리 해군 준장이 자유 교역이라 불렀던 것은 미국 측의 상거래를 의미했다.

미국의 상거래는 고대 로마인들이 평화*Pax*라 불렀던 것과 매우 흡사하다.

---

**3** 매튜 페리Matthew Perry(1794~1858): 미국의 해군 장성. 1852년 동인도 함대 사령관으로서 일본 원정을 명령받고, 1853년 7월과 1854년 2월 두 차례에 걸쳐 원정대를 지휘해 일본으로 하여금 쇄국 정책을 포기하고 문호를 개방하게 하였다.
**4** 일본 도쿄(東京)의 옛 이름.
**5** 키냐르의 기술과 역사적 사실이 약간 어긋난다. 해군 사령관에 임명된 페리는 1853년 7월 일본의 우라가(浦賀) 항에, 1854년 2월 에도 만에 진입해 들어가 무력으로 항복을 받아내고, 3월 31일 미·일 양국 간의 첫번째 조약을 체결시켰다.

일본인들은 이 단어들(자유, 평화)이 영어로든 라틴어로든 무슨 의미인지를 전혀 알지 못했다.

프리깃 함[6]들과 증기 군함들이 해군 준장을 호위했다. 그는 천천히 대포들을 돌려 장전하도록 지시했다. 그리고 때마침 부둣가에 모여들어 자신들을 위협하는 네 척의 굉장한 군함들을 향해 탄성을 지르던 일본 선원들과 어부들이 표적으로 선택되었다.

미국인들이 사격한다.

일본인들이 항복한다.

*

그러자 서방 세계는 민족학을 옹호하기 시작했다. 현장 조사는, 아직도 은행 발행 화폐의 사용을 거부하는 세계의 끄트머리를 포위해서, 가장 가난한 사람들의 시선을 욕망에 물들게 하여 신기루 속으로 사라지게 하기 위한, 고상한 구실이 되었다.

의약품과 식료품 기부는 전통을 파괴했다. 원조는 자유를 정착시켰다. 원조는 공산품과 알코올로 집단을 길들이면서 그들을 불필요한 소비와 마비로 이끌었다. 화폐로 그들을 움켜잡은 후, 그들을 은행 빚과 사회적 모욕에 붙들어 매었다.

6 28~60문의 대포를 장비한 18~19세기 초엽의 쾌속 범주(帆走) 군함.

*

에스키모인들에게는 다음과 같은 격언이 있다. "채찍이 개를 만드는 것과 마찬가지로 증여는 노예를 만든다."

에스키모인들이 이 격언을 사용하게 된 것은, 미국인들 *Amerlaqaat*이 하늘에서 내려와서는, 그들을 급격히 확산된 공포감에 빠뜨리더니, 알 수 없는 방식으로 이글루들 한복판에, 오로라의 중심에 두 개의 거대한 군사 기지를 설치하고, 그리고 선전 포고도 없이 툴레[7] 왕국을 침략하는 것을 보고 나서였다.

예전의 그 훌륭한 격언도 그들에게 아무 소용도 없었다.

에스키모들은 3천 년이 어떻게 단 10년에 사라지는가를 알게 되었다.

그리고 어째서 돈이 무기보다 더 교활한 지배 수단인지를 알게 되었다. 돈은 원하기만 하면 언제라도 빚을 빙자하여 영혼의 본질을 위협하기 때문이다.

*

정치의 과제는 언제나 하나뿐이다. 바로 "기회를 노리고 있는 과거를 예상하기"이다. "우리 아이들을 위해 어떤 미래를?"

---

**7** 던대스의 옛 이름. 예전에 에스키모인들이 살던 정착지. 지금은 그린란드 북서쪽에 있는 미국의 주요 공군 기지이며 통신 중심지이다.

같은 질문은 결코 제기되지 않는다. 임박한 테러의 문제는 항상 일촉즉발이다. 어느 시기에나 문제는 언제나 "이제 곧 무슨 일이 되풀이되려는가?"이다. 내가 '언제나toujours'라는 단어를 사용하는 이유는 시간의 분리에서 시작되는 것, 즉 모든tous 날들jours을 다룰 작정이기 때문이다. *매일tous jours* 사회적 동물을 매료시키는 죽음을 앞지를 필요가 있다.

*

16세기 프랑스에서, 성 바르톨로메오 축일의 대학살이 자행된 다음날, 인문주의자들과 문예부흥 예찬자들은 말할 수 없는 혐오감을 느꼈다.

대학살에 대한 혐오감은 중대한 결과를 불러왔다. 무엇보다도 그로 인해 정치 혁명이 초래되었다. 프랑스 국민이라는 사고가 강화되었고, 봉건 제도는 배척받기 시작했다. 종교는 비집단화되고 내면화되었다. 국가의 권한이 확대되면서 국가가 익명으로 행사하는 무신론적 속박이 느껴지기 시작했다.

20세기의 충격에 한술 더 뜨는 놀라운 사실은 그로부터 아무런 결과도 도출되지 않았다는 점이다. 즉 정치적 결과, 종교적 결과, 외국인 선호라는 결과, 국내적 결과, 국제적 결과, 독일이 세웠던 대량 학살 강제 수용소의 개방이라는 결과, 그 어떤 결과도 불러오지 못했다. 유대인 박해는 반복되었고, 수용소들은 분산되었으며, 잔혹성은 다양한 양상으로 표출되었다. 고문의 방식들도 정교해졌다. 공포는 증대되었다.

*

　권력은 경멸의 대상이고, 제도는 불명예이고, 신앙은 비겁함이며, 결속은 수치이고, 불복종은 미덕이며, 옛날이 야생성과 긍지일 수가 있다.

*

　350억만 년 전부터 지구는 돌고 있다. 인류가 살기 시작한 것은 100만 년 전부터이다. 인류 문명의 역사는 연속이나 진보 없이 1만 년 전부터 지속되고 있다. 문명화되고, 예술적이고, 노에시스[8]적이고, 문학적인 부분은 인류의 경험 중에서 극히 미세한 부분에 지나지 않아서 일반적으로 인류 자신도 지각하지 못한다. 단지 몇몇 작품들, 약간의 물건들, 어떤 음(音)들, 몇 권의 책들, 이따금 앞뒤로 몸을 굽히는 어떤 사람들[9]이 알아보는 어떤 벽들이 있었을 뿐이다.

---

8 플라톤에게는 초감각적 진리의 인식을 의미하지만, 후설의 현상학에서는 의식의 기능적·작용적 측면을 가리킨다. 작용에는 지각, 상상, 기억, 판단, 감정, 의욕 등이 있다.
9 통곡의 벽 앞에서 기도를 드리는 유대인들을 가리키는 것으로 보인다.

*

한때, 오래 지속된 한 시기가 있었다. 그때 남자들과 여자들은 땅 위에 배설물과 탄산가스와 약간의 물과 어떤 이미지들과 자신들의 족적(足跡)만을 남겼다.


*


지난 60만 년 동안에 지구 상에서 일곱 가지 종(種)이 대량으로 멸종했다. 최초의 멸종은 5억 4천만 년 전 캄브리아기[10] 초엽으로 거슬러 올라간다. 우리는 마지막 멸종의 동시대인들이다. 21세기 말이 되면 아직 남아 있는 동식물의 절반이 멸종될 것이다.

4,327종의 포유류와,

9,672종의 조류와,

98,749종의 연체류와,

401,015종의 초시류[11]와,

6,224종의 파충류와,

23,007종의 어류가 사라질 것이다.

에덴은 차츰차츰 동산에서 철수하고 있다.


---

**10** 지사(地史)를 구성하는 11개의 기(紀) 중에서, 고생대 최초의 시기이다. 캄브리아기의 시간 간격은 대략 5억 7천만 년 전에서 5억 500만 년 전 사이이다.
**11** 갑충 혹은 딱정벌레 목(目)의 곤충.

# 제28장 마지막 작별

클리담과 티알의 골짜기에 사는 사람들은 한번 눈길을 주는 것을 '마지막 작별'로 삼았다.

관(棺)은 구덩이 가장자리에 말없이 놓여졌다.

마을의 사제가 기도하고, 성수를 뿌리고, 침묵 속에서 축복의 말을 했다.

침묵 속에서 참석자들은 무덤가로 나아가, 그저 한참 동안 눈길을 보낼 뿐이었다.

그들은 흙도, 꽃도, 동전도 던지지 않고 그저 바라보기만 했다.

물론, 경쟁 관계의 라이벌인 부근의 이웃 골짜기에서는 신부가 죽은 이의 이름을 부르고, 그의 생애를 기리고, 노래를 불렀다. 일가친척, 겸임 사제들과 친지들이 구덩이 바닥에 놓인 관 위로 향 단지, 상장(喪章), 임종의 양초, 등짐 운반시의 장갑과 막대기들, 수난의 십자가를 던졌다. 그들은 죽은 이에게 인사를 하고 나서 묘역을 떠나갔다. 그들은 죽은 이의 집으로 돌아가 침대의 짚을 꺼내 들고 마을에서 멀리 떨어진 곳으로 가져갔다. 그리고 읍의 관할 구역에 속하지 않는 교차로에서 죽은 이의 짚을 불태웠다. 교차로에서 죽은 이의 짚을 태우는 것은 그가 집으로 돌아오지 못하게 금지하는 것이다. 그렇다면 그가 자신의 잠자리를 되찾을 수 있는 방도는 무엇일까? 바로 그런 이유에서 그는 먼 여행을 떠나지 않을 수 없게 된다.

그런데 이러한 두려움이 클리담의 골짜기에서는 통하지 않았다. 티알의 골짜기에서도 전혀 통하지 않았다. '작별의 눈길'만으로도 만사에 부족함이 없었다. '떠나기'에 충분했다.

# 제29장 한유

한유[1]는 768년에 태어나서, 792년에 진사에 급제하고 불교를 배척했다. 그는 부처의 뼈가 장안에 도착했을 때 절을 올리지 않았다. 그는 글[2]로, 즉 위태로운 방식으로 뼈 한 개를 둘러싼 특별한 대우에 관한 자신의 분노를 표현했다. 그는 투박하지만 압축된 산문으로 짧은 개론서들을 집필했다. 하루는 그가 다섯 손가락을 펼쳤다. 그리고 자신은 아직도 손가락들 사이마다 *첫 새벽의 어둠*을 지니고 있노라고 수수께끼 같은 말을 했다.

그는 이른바 고문(古文)이라 일컫는 문체를 발전시켰다. 이 문체는 간결한 구문, 정확한 어휘, 문법적 소사(小辭)들의 반복, 명료한 서술이 그 특징이다.

그는 이렇게 말했다. "돋아나는 풀이 자란다."

---

**1** 한유(韓愈, 768~824): 중국 당나라 시대 산문의 대가이며 탁월한 시인.
**2** 유학의 침체기에 유학을 옹호하던 그는 원화(元和) 14년 정월 불골(佛骨)을 맞이함을 간(諫)하는 표(表)를 올렸다. 이 불골표(佛骨表)로 인해 그는 헌종(憲宗)의 노여움을 사 1년 간 차오저우(潮州) 자사(刺史)로 좌천되었다.

그는 생략, 종교, 끈의 헐렁한 매듭, 도시 주민들의 해이한 풍속, 연인들의 느슨한 포옹을 싫어했다.

그는 저녁의 어둠이 내린 오솔길, 완전히 날이 밝기 전의 짙은 안개, 휘몰아치는 바람을 좋아했다.

『산시(原性)』[3]에서 그는 이렇게 썼다. "어둠과 친구와 나는 친교를 맺었도다! 우리 *셋* 모두가 늙도록 살 것이고, 다시는 돌아오지 않으리라."

그는 두 번이나 변방으로 밀려났다.[4]

그는 죽었다.

그가 죽은 후에도 불교와 변려문[5]은 살아남았다.

*

기도를 하면서 마음속으로 말을 하면 도움이 되는지를 묻는 수녀에게 무슈 드 생 시랑은 이렇게 대답했다.

"아니오. 인간은 노리개에 불과해요. 우리의 삶은 감옥이지요. 우리는 언어를 사용해서 가랑잎과 이끼 속에 폐허를 세우는 겁니다."

예술은 가장 *하찮은 잎사귀다.*

---

3 한유의 『산시(原性)』는 중국 문학의 백미로 꼽힌다.
4 그의 나이 36세 때 궁시(宮市)의 폐단을 간하는 소(疏) 때문에, 그리고 52세 때 불골표(佛骨表)로 인해 좌천된 바 있다.
5 한문체의 하나. 주로 네 자(字) 및 여섯 자의 대구(對句)를 많이 써서 읽는 이에게 미감을 주려는 문체다.

가장 미미한 이파리인 이유는 돋아나는 잎사귀 중에서 가장 작기 때문이다.

언제나 가장 새로운 것은 그러므로 가장 작은 것이다.

그것은 문화의 내부에 남아 있는 자연이다. 그것이 바로 출생이다. 만물 안에서 출생은 소생을 추구한다.

예술은 부활에만 관심이 있다. 자연은 그 근원이다. 예술은 나뭇가지 끝에 희끄무레한 눈을 다시 틔우는 가장 평범한 봄과 마찬가지로 위대하다.

*

맞불은 산불이 나는 방향으로 나무를 태우는 것인데, 그렇게 하면 빈 공간이 생겨 불길이 번지는 것을 막을 수 있다. 우리는 이 작은 공백이 순전히 연료 공급을 중단시켜 거대한 화염의 진로를 차단하는 것이라고 추측한다.

음악에서의 대위법은 선율선에 대립하는 보조 선율부를 말한다. 대위법으로 씌어진 글은 주된 에너지에 대한 응답의 글을 의미한다.

반대 증서는 공식 계약을 무효화시키는 글로 작성된 비밀 합의서이다.

어떻게 하면 즉각적인 박해나 굶주림을 피하면서, 일반화된 경제와 그것이 증식시키는 이득을 견제하여 평형을 이룰 수 있을까?

어떻게 하면 만인의 제국에 맞서 충동의 눈금을 서너 개 거슬러 오를 수 있을까?

서너 개의 눈금들, 그것들은 감춰져 있다. 그것들은 무너지기 쉬운 은밀한 사회를 세운다. 명랑한 사회도덕과 야만인들의 공격적인 제스처에 억지로 동조하는 척한다. 야만인들의 도시에, 신전에, 원형극장에 모습을 드러낸다. 그러나 그것들은 다시 구석으로in angulo, 즉 음지의 은신처로 비밀리에 다시 옮겨간다. 당파의 전단지나 광고지 혹은 국가의 전단지(즉 은행의 지폐)보다는 오히려 포르노 사진이 그렇듯이, 9부만 찍어낸 작품들, 책에 대한 기억들, 고서들의 복사본이 그렇듯이 말이다. 이런 것들은 온갖 상품들marchandises 중에서 전혀 흥정되지marchandent 않는 것들이다.

복사되어 흐릿한 지면들, 그림이 지위진 그림들, 이런 것들이 시간에 구멍을 뚫는다.

*

시장marché에서는 이렇게 말할 수 있다. "그건 잘 팔린다marche, 그건 잘 팔리지 않는다." 더 이상 무슨 말을 할 수 있겠는가? 게임을 관람하는 군중들이 계단식 좌석에 빽빽이 들어차고, 층계에도 쭈그리고 앉아서, 바야흐로 펼쳐질 죽음의 광경에 벌써부터 두 눈을 빛내면서, 박수를 치고, 발을 구른다.

옛날에 그들은 읽고, 듣고, 만지고, 말했다. 그들은 "나는 걸어가서, 구입하고, 박수 치고, 발을 구른다"고 말하지 않았다. 그들은 "그것이 나를 밝혀준다"거나 "그것이 나를 감동시킨다"고 말했다. 그들은 세상을 아름답게 하고 시간이라는 땅을 천착하는 일들을 생각했지, 현시점에서 일상의 매상을 증가시키고 그것을 구식으로 만드는 일은 생각하지 않았다. 그들은 더 깊이 생각하고, 스스로 자유로움을 느끼며, 더욱 순발력 있게, 더욱 독립적으로, 더욱 명철하게 사유하기를 좋아했지, 조악한 상품이나 혹은 수아송의 꽃병이 깨지기 전에 잠시라도 구매자를 찾아내는 일 따위는 좋아하지 않았다.

*

제국은 하나뿐이고, 이 제국을 관통하는 유일한 매개물은 더 이상 언어의 의미가 아니라 화폐의 등가물이다.

그들은 바이킹들에게 로마를 지켜줄 것을 제안했다.

그들은 에스파냐 사람들에게 15~16세기 초까지 멕시코 고원에서 번성하던 아스텍[6]의 사원들을 보존해줄 것을 제안했다.

포르투갈 사람들에게는 에도의 정박지를 부탁했다.

태양 왕에게는 초토화된 포르루아얄을 부탁했다.

6 16세기 중반 에스파냐에 정복된 아메리카 인디언의 고대 문명.

이미지는 그 무엇의 재현이 아니다. 언어 없이 이미지만으로는 의미가 없다. 우리가 구석기 시대의 동굴 벽면에서 보는 장면들은 무엇을 의미하는가? 이미지들이 문자에 앞서 전달했던 혹은 압축했던 신화의 이야기가 없었다면, 우리는 여전히 그 의미를 알지 못할 것이다.

이미지는 인간보다 먼저이다.

그것은 인간의 입에서 자연 언어가 발화되기 이전부터 있었다.

나는 다음 견해를 주장한다. "몇몇 동물들의 경우 꿈이 지어낸 것은 어떤 방향의 상류에서든 매혹적이다."

쓸모없어진 문자, 기의 없는 기표인 화폐는 회귀하는 욕망의 제삼자이다.



조르주 바타유[7]의 『저주의 몫』은 어둠에 관한 가장 아름다운 책들 중의 하나이다. 인간 사회는 위험과 죽음을 쫓아다닌다. 전세계가, 예전에는 전쟁이라 불렀던 일반 교역의 기지가 되었다. 단일 시장의 목적 또한 단 하나이다. 즉 시장 그 자체이다. 시장

---

**7** 바타유Georges Bataille(1897~1962): 프랑스의 문학가. 문학 작품뿐만 아니라 사회, 역사, 종교, 예술에 대해서도 많은 저서를 남겼다.

은 가능한 공간 전체로 확장을 추구한다.

시장은 목적을 달성했다.

가능한 공간은 지구 전체가 되었다.

그래서 지구 전체가 자신과의 경쟁 관계에 돌입했다. 경쟁, 확장, 이윤은 쌍방의 제한된 상태에서만 합리적이다. 규모가 더 확대되면, 증가 성향이 더 이상 어떤 적수나 경쟁 상대도 찾아내지 못하게 되는 즉시 그것은 자신을 축으로 빙빙 돌아가는 샤먼의 춤이 된다. 샤먼은 쓰러지는 순간 자신의 몸뚱이가 일으키는 먼지 더미 속에서 황홀경에 빠진다.

# 제30장 베스타의 무녀(巫女)들[1]

만물의 기원 이래로 존재는 모든 질문을 본질적으로 충족시
킴으로써 없애버린다. 언어로는 이렇게 표현된다. "그건…… 존
재는 모든 질문에 앞서 존재함으로써 항상 이미 그 답변을 해버
린 셈이다."

탐색에는 대상이(종교가, 존재가, 답변이) 없음에 틀림없다.

언어마저도 탐색의 대상이 될 수 없음에 틀림없다.

포식(捕食)이 탐색보다 먼저다.

방황이 포식보다 먼저다.

*

1 로마 종교에서 화로의 여신인 베스타(그리스의 헤스티아와 동일시된다)를 섬기는 제녀
들을 말한다. 베스타 신전은 공공의 화로를 표상하는 원형 건물이다. 이곳에는 베스타의
제녀들이 지키는 공공화로가 끊임없이 타오르고 있었으며, 매년 3월 1일(원래 로마의 설
날)에 새로 불을 지폈다고 한다.

인간이 아닌 어떤 것이 인간 행세를 하려고 애를 썼다.

동물들에게 에워싸인 동물성이 황홀경에 빠졌고, 뒤로 자빠졌고, 죽었고, 이름을 불렀고, 괴물처럼 되어버렸다.

나는 그럭저럭 세계 금융을 떠올리고 있다. 그것의 가치는 마치 신들린 샤먼처럼 정신없이 점점 더 빠른 속도로 빙빙 돌고 있다.

*

유럽 사람들은 반(反)인간적이다.

*

1945년 8월 지혜로운 현대 인류Homo Sapiens Sapiens가 최초로 방사능을 쏘였다.

1997년[2] 2월 동물이 최초로 복제되었다.

로마에서 베스타의 무녀들이 지켰던 것은 1. 불 2. 음경fascinus 이었다.

20세기 사람들이 버린 것은 1. 핵의 보존(불, 폭발) 2. 유전자 보존(매혹, 유전자 코드)이었다.

---

2 복제양 돌리가 태어난 시기는 1996년 8월이고, 영국 잡지 『네이처』에 이 사실이 공식적으로 발표된 것이 1997년 2월이다.

*

쫓기는 동물을 모방하다가 자연 현상을 관찰하고 이용함으로써 생겨난, 사회적이고 폭력적이며, 기술적인, 대단히 광대하고, 오래 지속된, 말이 많고, 쓰레기와 폐허로 가득 찬 일종의 제국은 점차 생물학적이고 불안정하며, 협소하고, 즉각적인, 지구 상의 동식물 종(種)을 거의 자체 말살시키는 계(界)로 대체되었다.

# 제31장

바위는 진흙이 굳어진 것이다. 동굴은 굳어진 진흙으로 이루어졌다. 나는 바위도 단단함도 추구하지 않는다.

백마(白馬)는 말이 아니다. 나는 진흙을 찾고 있다.

내 은신처가 견고하지 않다는 사실을 이해하기 바란다. 당신들은 내가 쓰는 글 위에 아무것도 세우지 못한다.

글을 쓰는 손은 폭풍우를 휘몰아치게 하는 손과 마찬가지이다. 배가 침몰할 때는 짐을 바다로 던져버려야 한다.

# 제32장 레이덴의 성당들

그[1]는 떠나겠노라 말했던 대로 떠났다. 또다시 떠났다. 엔더게스트[2]로 이사했다. 그곳에서 그는, 기다란 정원의 끝에 작은 과수원이 있고, 양쪽에 행랑채가 딸린 커다란 집에 정착했다.

주변은 온통 끝없이 펼쳐진 초원이었다.

목초지와 들판이 끝나는 아득한 지평선 부근에, 풀숲 너머로 레이덴의 성당들의 작은 종루들이 솟아 있었다.

하느님과 성자들이 머무는 사원들과 꽃의 암술들이 뒤섞여 있었다.

사원의 지붕 위에 내걸린 수탉들은 흡사 엉겅퀴의 따가운 가시랭이들 같았다.

---

1 데카르트를 지칭하는 것으로 보인다. 데카르트는 1642년 엔더게스트에서 살았다.
2 레이덴에서 약 2킬로미터 떨어진 곳에 있는 작은 도시.

# 제33장 어둠 이후

칼뱅주의자들의 잠언인 *어둠 이후의 빛Post tenebras lux*에서 내가 기억하는 것은 처음 두 단어뿐이다.

성관계로 생겨나 어슴푸레한 빛 속에서 자란 사람들을 눈부시지 않은 어떤 것이 환히 비춘다.

인간 내부의 한 작은 핵이 "어둠 이후*Post tenebras*"라고 속삭인다.

테라스의 가장자리에서, 티티새와 더불어, 우리는 암흑의 검은색이 아니면서 낮의 빛도 아닌 어떤 것을 간직하고 있다.

*

우리는 언제 인간의 사회와 의식에서 깨끗함과 더러움이 분리되었는지 잘 모른다.

언제 시체가 나타났으며, 또 그것을 안 보이게 치워야 할 가슴 아픈 필요성은 언제 생겨났을까?

매장(埋葬)이 지혜로운 현자Sapiens Sapiens보다 먼저였다.

예술은 인류보다 앞선 가장 오래된 실천 중 하나이다. 예술은 통화(通貨)보다 훨씬 오래되었지만, 어떤 형태의 통화도 예술로 전향되지 못한다.

예술은 변함없이 분리와 동시대에 존재하지만, 분리에 예속되지 않는다.

예술은, 인간과 짐승, 사회적인 것과 비사회적인 것, 질서와 무질서, 치장한 것과 혐오스러운 것, 천상과 지옥, 삶과 죽음, 형태와 비형태, 이런 것들 사이의 분리 계보가 확립되기 이전에 생겨났다.

성스러운 것, 불결한 것, 더럽히는 것, 따로 놓아야 하는 것 (혹은 안 보이게 해야 하는 것), 이런 것들은 구분이 잘 안 된다.

성스러운 것이 현대 사회에서처럼 절대 권력을 누린 적은 한 번도 없었다. 우리가 이 정도로 시체, 생리혈, 가래침, 콧물, 소변, 대변, 트림, 딱지, 먼지, 진흙으로부터 철저히 격리된 적은 없었다.

우리 모두가 주방에서는 편집증적 사제이다.

욕실에서는 미친 폭군이다.

위생, 도덕, 희생, 사고, 인종 차별, 전쟁의 개념들을 분리하기는 어렵다. 우리는 다른 것, 사회적으로 혹은 감각적으로 분류되지 않은 것, 즉 기생충, 생쥐, 타액, 주변인, 틈새의 주민들(거미와 들쥐 혹은 전갈은 절대로 안이나 밖에서 살지 않는다), 독학하는 대학생, 포유류인 물고기, 기독교도 유대인, 미혼모, 마실 수 없는 물, 나라나 집단의 세력권 변방의 주민들, 정액, 핀, 손톱 깎은 부스러기, 땀, 점액, 귀신, 본능적 혐오, (각성과 수면을 구분짓는 벽을 허무는) 환영(幻影)을 염탐한다. 예술은 기생하는 산물이다.

자신의 것이 아닌 그 무엇을 불쑥 나타나게 하는 예술은 부적절한 계(界)에 속한다.

예술은 제자리에 있지 않다. 더러움에 대한 정의 자체는 곧 '어떤 것이 제자리에 있지 않음'이다. 바닥 위에 놓인 신발 한 짝은 깨끗하지만, 그것이 식탁보 위의 꽃들과 은그릇, 가지런한 유리잔들 사이에 놓이는 즉시 더러운 것이 된다.


*


화폐는 미래에 의거한 교환의 한 의례이다. 그것은 공유된 신뢰로서, 믿음을 통한 평가는 등가(等價) 체계로 확산된다.

예술은, 그 비체계성으로 인해 체계의 형태를 취하는 것과는 별개이다.

예술 작품들은 더 최신이고, 경쟁적이고, 손쉽고, 순진한 모든 재현 방식에 맞서 전쟁을 벌인다.

창작자는 지상에 광신적인 신앙을 펼친 종파를 위태롭게 한다. 상징적인 것들을 가지고 유희하기 때문이다. 그는 이 질서에 맞춰 자신의 활동을 체계화시키지 못하고, 이 신앙을 믿지 못한다. 그는 실망시키는 자다. 상인은 교환을 어렵게 하는 창작자의 증식을 싫어하고, 은행가는 영매를 사라지게 할 우려가 있는 그의 불경함을 경계한다.

그에게는 계획이 없다.

그는 자신도 모르는 곳으로 가고 있다.

노동쟁의 조정위원들은 르나르[1]가 끊임없이 자신들을 골탕먹이는 것을 좋아하지 않는다. 예금자들의 불안은 가히 종교적이다. 혹시 사람들이 화폐의 교환 가치를 믿지 않게 되면 어떻게 될까? 지구 상에 들어선 은행의 대형 건물들이 정글의 칡넝쿨과 짐승들 소리에 묻힌 앙코르의 사원들만큼이나 많아지겠지만, 등가에 대한 사람들의 오랜 믿음은 더 이상 흔적도 없이 사라질 것이다.

*

오늘날 창작자라 불리는 사람들이 과대평가되고 있다.

작품들은 과소평가되고 있다.

이상한 일이지만, 공적인 일*res publica*[2] 전부가 속화(俗化)되고 금전에 좌우되는 반면에, 시간, 이타성, 자연, 역사, 성스러움, 언어 혹은 적어도 언어의 묘사까지도 사적인 일*res privata*이 되었다.

1 13세기 프랑스의 설화체 운문 문학인 『여우 르나르의 사건들』(『여우 이야기』라고도 한다)의 주인공 여우renard의 이름이 '르나르Renart'이다.
2 '공화국'이라는 의미로도 읽힌다.

*

　　르낭[3]은 자신의 첫번째 책의 판매 수입으로 돌아온 돈을 받기를 망설였다. 그는 표현된 사고, 저버린 신앙과 짤랑거리는 화폐 간에 공통된 척도가 있으리라 생각하지 않았다. 상관관계의 부재가 돈을 수락하지 않는 이유는 될 수 있지만, 그렇다고 거부 결정을 그 이상으로 정당화시키는 근거가 되지는 못한다는 사실을 지적하려고 누이동생들[4]이 개입하지 않을 수 없었다.

　　에밀 오귀스트 샤르티에[5] 역시 대가를 수락하지 않는 조건으로 『루앙 통신*La Dépêche de Rouen*』[6]에 짧은 글들을 기고했다. 교직에 있었던 그는 이 수입으로 생활비는 충분하다고 말했다. 그는 알랭 문중의 세련되지 못한 성(姓)을 가명으로 사용했으며, 1911년 1월 자신이 출간하게 될 책들에 대한 저작료를 받지 않는다는 조건을 즉석에서 달아 N.R.F. 출판사와의 계약서에 서명했다.

*

　　점점 더 빠르게 진행되는 구식화 경향은 개인과 이미지와 사

---

**3** 르낭Joseph-Ernest Renan(1823~1892): 프랑스의 철학자, 역사가, 종교학자.
**4** 르낭의 '누이동생'은 파리에서 함께 살던 앙리에트 하나뿐이다.
**5** 샤르티에Emile-Auguste Chartier(1863~1951): 프랑스의 철학자. 알랭이라는 가명으로 더 잘 알려져 있다. 영향력 있는 많은 저서를 남겼으며, 루앙 등 여러 도시의 리세(고등학교)에서 교사 생활을 했다.
**6** 급진적인 신문. 샤르티에는 이 신문에 600단어짜리 글을 매일 기고했다.

물들의 거래—신문, 광고, 음성 영상 기술, 산업, 정치와 관련된—에서 우선적 대상이 되는 제품들에 타격을 미친다.

여기 나타난 유령은 황제들*imperator*의 엄지손가락 돌리기 *Zapping*[7]다. 고대 로마의 왕족들이 축성을 즐겼던 것은 단지 엄지손가락만으로 즉석에서 축성을 중지시키는 절대 권력의 가학적 기쁨을 느끼기 위해서였다.

황제들의 이 손가락은 선언manifeste이다.

더 구체적으로 말해서 *manifestus*란 현행범을 뜻하는 라틴어 단어이다. 로마 사회에서는 고발자의 손에 붙잡힌 살인자를 떠올리는 말이다.

범죄가 드러날 때 라틴어에서는 어떤 것이 명백하다manifeste고 말한다.

옛날 사제들의 권리는 구매(購買)*mancipatio*, 즉 손으로 꽉 움켜잡는 것에 근거했다.

나는 손 안에 잡히는 두 부류의 존재를 모순 개념으로서 대립시킨다. 즉 세상만사를 의미하는 검은 활자들이 빽빽이 들어찬 책의 지면과 세상만사에 적용되는 은행 지폐.

어쨌든 손으로 그것들을 꽉 움켜잡는다.

옛날 용어로 두루마리 문서*volumen*와 돈*stips*.[8]

한편은 학식을 지닌 사람, *le litteratus*, 즉 학자이고, 다른 한편은 돈*stips*을 받는 사람, 즉 매수된 사람, 매춘부이다.

---

**7** TV 리모컨을 사용하여 채널을 이리저리 돌리는 행위를 지칭하는 최근에 생긴 단어.
**8** 종교적 헌금으로 쓰이는 동전이라는 의미의 라틴어.

사회적 지위가 있는classicus 시민들과 없는 시민들, 학문 littera과 예속 상태, 유유자적otium과 분주함negotium 사이의 편극은 유일하고 동일한 분리에 의거한다.

*

모네타Moneta는 경고하는avertisseur 사원[9]이다.

언어는 우리의 육체만을 안식처로 삼는다. 인간Homo은 언어를 통해서만 규정된다. 즉 인간은 언어를 가진 동물이다.

로마 사회에서 모네타는 신들의 전능함을 경고함으로써 avertissant 우리를 언어에서 멀어지게 했던divertit 사원이다.

주노 모네타[10]의 사원templum은 쇠를 두드리는 대장장이들의 망치 소리로 가득했었다.

화폐는, 자신이 도입시킨 무언의 교환처럼, 이미지처럼, 우리에게 언어를 필요 없게 만든다.

사실상 문자 언어로는 인간을 규정짓지 못한다. 문자 언어는 언어를 말하는 인간의 육체가 결여된 고어(古語)들 언저리에 모인 문명들을 규정짓는다.

9 플루타르코스에 따르면, B.C. 390년 갈리아의 공격에서 아륵스(카피톨리누스 언덕의 북쪽 정상)가 안전할 수 있었던 것은 여신 주노의 신성한 거위가 꽥꽥 소리를 내지른 덕분이었다고 한다. 그래서 B.C. 344년에는 아륵스에 여신 주노 모네타를 기리는 사원이 세워졌다. 이 사원은 후에 로마의 조폐국이 되었으며 화폐mint와 돈money이라는 말은 '모네타'에서 유래한 것이다.
10 주노 모네타Juno Moneta: 로마 신화에 나오는 최고의 여신이며 주피터의 아내. '경고자'라는 의미의 유노라고도 불리며, 여성의 삶, 특히 결혼 생활과 관련하여 여러 가지 이름을 갖고 있다. 주노 모네타는 여성의 구원자에 이어 국가의 구원자로 숭배되었다.

아카드[11] 사람들에게 수메르어 같은 사어(死語)들. 표음이 아닌 이른바 표의 문자, 그러나 실제로는 중국, 한국, 일본의 학자들 모두에게 통하는 문어(文語) 같은 언어. 구세주 키루스[12]가 유대인들을 바빌로니아에서 다시 불러들였을 때, 헤브라이어 사용법을 잊어버린 그들에게 헤브라이어 같은 언어. 유라시아의 모든 기독교 국가들에게 라틴어 같은 언어.

*

상위 육체surcorps이며 비(非)육체anticorps라고도 하는 육체들이 있다. 이들은 모습도 목소리도 없이 존재한다. 어떤 몽상가도 이런 육체들을 꿈꾸지는 않는다. 어떤 세상도 이런 육체들을 품고 있지 않다. 이들이 글을 쓴다고 한다.

---

**11** 지금의 이라크 중부에 위치했던 고대 지방. 고대 바빌로니아 북부(북서부) 지방을 차지하고 있었다. 남부 지방은 수메르였다.

**12** 키루스 2세Cyrus II(B. C. 590년경~B. C. 529년경): 아케메네스 제국을 창건한 정복자. 고대 페르시아 사람들에게 백성의 아버지로 불렸던 인자하고 이상적인 군주이며, 성서에서는 바빌로니아에 잡혀 있던 유대인들의 해방자로 기억되고 있다. 성서에서의 별칭은 키루스 대왕이다.

# 제34장  길 잃은 자들

　　어떤 사람들에 대해서 우리는 그들을 길 잃은 자들이라고 말한다. 길 잃은 자들*Perditos.* 산성액이 의례적인 사회 생활에 뚫어놓은 구멍 같은 존재들이다.

# 제35장

　1642년 5월 8일 뱅센 성의 탑에서 있었던 앙투안 아르노와 생 시랑 간의 대담이 끝나자, 무슈 드 생 시랑은 무슈 아르노에게 결론 삼아 이렇게 말했다.

　"하느님께서 이끄시는 곳으로 가야 하오. 그러니 아무 일도 하지 말고 가만히 있어야 합니다."

　5월 8일 이후 그들은 더 이상 서로 연락하지 않았다. 다시 만난 적도 없었다.

# 제36장  맨발의 독서광

신비한 맨발의 독서광*Barfüsser Lesemeister*과 마찬가지로 신비한 설교는 이런 말로 시작된다. "신은 어둠이다. 모든 빛 다음에 느닷없이 영혼을 엄습하는 어둠이다(*Tenebra Deus est. Tenebra in anima post omnem lucem relicta*)."

# 제37장 테러

루트비히 비트겐슈타인[1]은 언어의 실종에 대한 이론가였다.

침묵*Sprachlosigkeit*[2]이란 명칭은 1914~1918년의 제1차 세계 대전시 독일에서 생겨난 것이다.

전선에서의 체험을 단어로 표현할 수 없음―후방에서 통용되는 선전*Propaganda*에 대해서는 말하지 않기.

언어는 더 이상 자아Ego와 우주Cosmos 사이의 다리가 아니다.

말을 하려는 욕망이 참호들 속으로 사라졌다.

---

**1** 루트비히 비트겐슈타인Ludwig Wittgenstein(1889~1951): 오스트리아 태생의 영국 분석철학자.
**2** schweigen(침묵)을 키냐르가 sprachlosigkeit로 바꿔 쓰고 있는 것으로 보인다. 제2차 세계 대전 중에 씌어진 『논리철학 논고』(1921)에서 schweigen이란 용어는 두 번(서문과 맨 마지막 문장) 나온다. 사용된 문맥은 거의 같은 내용이다. 즉 "말할 수 없는 것에 대해서는 침묵해야 한다"이다.

　　*

　　1936년 티에리 모니에[3]는 『콩바*Combat*』지를 창간한다. 로베르 브라지야크[4]는 이 잡지에 이렇게 기록하고 있다. "어느 날 괴링[5] 씨가 '나는 문화라는 말만 들어도 권총을 뽑는다'라고 고함을 질렀다." 클로드 오를랑(아직 클로드 루아[6]가 되기 이전에)은 전쟁 패거리는 무솔리니, 히틀러, 살라자르,[7] 프랑코[8]가 아니라 블룸,[9] 루스벨트, 스탈린, 처칠이라고 생각한다. 모리스 블랑쇼[10]는 이 잡지에 「국가적인 긴급 조치로서의 테러리즘」이라는 제목의 긴 논문을 게재한다. 공포 정치Terreur[11]란 18세기의 단어이다.

---

**3** 모니에Thierry Maulnier(1909~?): 프랑스의 작가, 저널리스트. 고등 사범학교(에콜 노르말 수페리외) 동창생인 브라지야크와 함께 독일에 협력했다.
**4** 브라지야크Robert Brasillach(1909~1945): 프랑스의 작가, 시인. 파시스트이자 반유대주의자였으며 제2차 세계 대전시 독일에 협력한 죄로 총살당했다.
**5** 괴링Hermann Göring(1893~1946): 나치당의 지도자. 독일을 나치 경찰국가로 만드는 데 핵심적 역할을 했다.
**6** 루아Claude Roy(1915~1994): 프랑스의 참여 작가, 시인.
**7** 살라자르António de Oliveira Salazar(1889~1970): 포르투갈의 정치가. 총리로 있으면서(1932~1968) '새로운 국가'를 주창했다.
**8** 프랑코Francisco Franco(1892~1975): 에스파냐의 장군, 지도자. 에스파냐 내전(1936~1939)에서 에스파냐 민주공화국을 전복한 후 죽을 때까지 에스파냐 정부의 총통으로 지냈다.
**9** 블룸Léon Blum(1872~1950): 프랑스의 정치가. 1936~1937년 동안 인민전선 내각을 이끌면서 최초의 사회당 총리를 지냈다. 최초의 유대인 출신 총리이기도 했다.
**10** 블랑쇼Maurice Blanchot(1907~2003): 프랑스의 소설가, 비평가.
**11** 보통명사 terreur는 공포(혹은 테러)라는 의미지만 Terreur는 프랑스 혁명 기간 중 1793년 9월 5일부터 1794년 7월 27일까지 실시되었던 독재 정치를 뜻한다. 이때 약 30만 명이 용의자로 체포되었고, 1만 7천 명이 공식 처형당했으며, 수많은 사람들이 감옥에서 죽었다.

그것은 18세기의 마지막 메시지다. 그 다음은 1871년[12]이다. 2년 동안 파리는 독일인들의 포위 공격을 받았고, 이어 프랑스인들의 포위 공격을 받았다. 일주일[13] 동안 3만 5천 명의 남녀노소가 처형되었다. 공화정 역사를 통튼 것보다 더 많은 사람들이 식민지나 감옥으로 보내졌다.

티에르[14] 정부는 단 사흘 동안 3년 간의 공포정치 때보다 더 많은 희생자를 냈다.

제1차 세계 대전 초부터 제2차 세계 대전 말까지 7천만 명이 학살되었다.

테러리즘은 형법에 속하는 단어이다. 사회는 공공질서를 수립하거나 회복시키는 게 아니라 눈길을 끄는 방식으로 혼란에 빠트리는 테러리즘을 정치적 범죄 행위로 규정한다. 그러나 이 단어가 역사의 당사자들, 즉 프랑스 혁명주의자들이나, 1939년 9월 3일 이전 유럽의 우익 파시스트들에 의해 그런 식으로 주장된 적은 거의 없다.

---

[12] 파리 코뮌(1871년 3월 18일~5월 28일)을 말한다. 프랑스-프로이센 전쟁에서 프랑스가 패배하고 나폴레옹 3세의 제2제정(1852~1870)이 몰락하는 과정에서 정부에 대항하여 파리에서 일어난 봉기이다.
[13] 5월 21일 파리에 입성한 정부군은 뒤따른 피의 일주일 동안 코뮌을 진압했다.
[14] 티에르Louis-Adolphe Thiers(1797~1877): 프랑스 제3공화국의 창건자이자 초대 대통령(1871~1873)이었다. 군대를 동원해 무자비하게 파리 코뮌의 반란을 진압해 수년 간 프랑스 사회주의 운동과 노동 운동의 세력을 약화시켰다.

*

글쓰기는 전적으로 정치적이다.

베르코르[15]의 말이다. "점령군과 작가 사이에는 어떤 교류도, 어떤 말도, 어떤 접촉도, 어떤 대가도, 어떤 의사소통도 있을 수 없다."

나는 베르코르가 단호히 표명한 이 규칙에 만족하려고 한다. 글을 쓰는 자는 저당물을 되찾으려 애쓰는 자이다. 언어를 되찾고, 대화를 끊고, 동족과 조국을 구하고, 모든 종교를 해방시키려고 애쓰는 자이다.

*

고함을 질러 부르는 소리는, 일단 입버릇으로 변하면 더 이상 아무에게도 호소력을 지니지 못한다.

모든 예술의 운명은, 역사가 그렇게 하듯, 망각을 주도하는 것이 아니다. 설명할 수 없는 것을 설명하는 것도 아니다. 이 세상의 옛날을 훼손하거나 탕진하는 것도 아니다. 시간이 다른 세상을 즉석에서 사라지게 하는 것도 아니다. 언어들을 모든 자연

15 베르코르Vercors(1902~1991): 프랑스의 소설가. 본명은 장 마르셀 브륄러Jean-Marcel Bruller이다. 원래는 삽화가였으나 1940년 독일군이 프랑스를 점령하자 화필을 던지고, 1941년 저항 문학의 모체가 된 「심야총서Éditions de minuit」의 창설자 중 한 사람이 되었다. 총서의 제1권 『바다의 침묵』(1942)을 베르코르라는 필명으로 발표했다.

언어의 상류로 추방시키는 것도 아니다. 벌어진 것을 벽으로 둘러싸는 것도 아니다. 예술이 허울 좋은 거짓이라는 생각은 나치나 할 법한 발상이다. 공산주의자는 심심풀이 정도로 여긴다. 자유로운 부르주아는 흥겨운 오락쯤으로 생각한다. 단지 전체주의 체제에서만 예술이 예속 상태의 미화(美化), 과거의 신화화, 시간이 다가오고 흘러가는 매순간 줄곧 속임수로 간주된다. 예술가는 인류 공동체에서 벗어나려 애쓰는 즉시 공동체의 기능에 참여할 수 없게 된다. 작품에 대한 대가로 보수조차 받지 못한다. 그의 작품은 내기에 건 판돈보다는 애도에 더 가깝다. 잊혀지기보다는 의도적으로 기억된다. 교환에서는 화폐보다 관심을 끌지 못한다. 그렇다고 예술의 기능이 사회적이 아닌 것을 부정하는 것도 아니다.

*

개인은 수면에서 일어나는 파도와도 같은 것이다. 파도는 물과 완전히 분리되지 못할 뿐만 아니라, 자신을 집어삼키는 응집력 있는 물 속으로 신속히 추락한다. 파도는 자신을 휩쓸어가는 조수(潮水)의 불가항력적인 움직임 속으로 늘 추락하고야 만다. 그런데 어째서 다시, 또다시, 그리고 또다시 일어나지 않는 것일까?

# 제38장

왕의 연못에서 몸무게를 모두 실어 힘껏 작살을 누르고 있는 뱃사공의 어깨 너머로, 르아브르 항구 저 멀리, 구름이 사라지는 곳에 영국 함대가 모습을 드러내더니 백년전쟁의 한 전쟁[1]을 벌이겠노라 해안을 위협했다.

---

**1** 14~15세기에 잉글랜드와 프랑스 간에 일어났던 백년전쟁은, 백년 동안 내내 지속된 것이 아니라 간헐적으로 진행되었다.

# 제39장

무슈 드 생 시랑은, 1643년[1] 자신의 감옥이 확장된 다음에야 비로소, 화가들이 화폭에 그리는 것과 같은 방식으로 세상사의 덧없음을 환기시킬 수 있었다.

반쯤 친 포도주 잔들,

갈색과 붉은색의 류트들,

희끄무레한 양초와 카드들,

테이블 가장자리에서 대롱거리는 레몬 껍질들,

상(像)이 비친 거울들,

상이 비치지 않은 거울들.

이 모든 것이 없이도 그는 지하 독방에서 편히 잘 지냈노라고 말했다.

우리에게 이미지마저 없어도 우리는 잘 지낸다.

꿈만으로도 육체에 결핍된 모든 것의 대체물ersatz을 공급받

---

[1] 1638년 뱅센 성에 투옥되었고, 1643년 감옥에서 죽었다.

기에 충분하다.

*

　무슈 드 생 시랑이 다음의 글을 쓴 것도 역시 감옥에서였다. "왜냐하면 재물과 명예와 세속적 쾌락에 대한 욕심을 버린 다음에야 비로소 이 폐허로부터 우리의 영혼 속에 다른 명예와 다른 재물과 다른 쾌락이 생겨나기 때문이다. 이런 것들은 보이는 세상이 아니라 보이지 않는 세상에 속한다."
　우리 내부에 있는 보이는 세계와 이승에서 파괴될 수 있는 그 모든 부속물들을 파괴하고 나면, 즉시 보이지 않는 다른 세계, 보이는 세계보다 파괴하기 힘든 그런 세계가 그 자리에서 생겨난다는 것은 무서운 일이다.
　생 시랑은 그저 책에 지나지 않는 책들의 덧없음을, 그저 환영에 불과한 신들의 덧없음을, 그저 욕망일 뿐인 욕망의 덧없음을 환기한다.
　그는 덧붙여, 불멸성의 내부에는 세 가지 제약이 있는바, 그 제약은 뽑힌 사람[2]의 수와 관련된 불멸성을 넘어서는 것이라고 말했다. 그는 왕이 자신을 집어넣은 지하 독방에서 그런 체험을 했다.
　"감옥에 들어오기 전에 나는 '보이는 이 세계 뒤에는 어떤 한 세계가 있다'고 생각했다. 헌데 왕이 내 눈의 피로를 풀어주려

---

**2** 「마태복음」 22장 14절의 "부름을 받은 사람은 많으나 뽑힌 사람은 적다"를 참조할 것.

고 나를 집어넣었던 어둠에서 나온 지금, 나는 '보이지 않는 이 세계 뒤에는 또 하나의 다른 세계가 있는데, 그 세계만을 현실'로 믿는다."

의미의 예술 너머에 언어 예술이 있다. 언어 예술에서 상징들이 모두 추방된 까닭은 의미가 상징들을 만들어내기 때문이다.

그리고 언어 뒤편에 존재하는 것은, 언어에 선행하는 어떤 것이다. 그것은 침묵이 아니라 그저 자연 언어와 정반대되는 것, 즉 동시대의 왕국이면서 보이지 않는 세계 뒤편의 왕국이다.

*

우리는 햇빛에 눈이 부시기 이전의 삶을 산 적이 있으며, 그때 우리는 볼 수도 읽을 수도 없는 어떤 것을 들은 적이 있다.

*

1932년 8월 11일 피에르 기야르는 현대 미술에 대한 정의를 내렸다. 피에르 기야르는 과학을 공부했고, 직업은 엔지니어였다. 그는 밀레의 「만종」에 달려들어 화폭을 수차례 칼로 찌르다가 경비병들의 제지를 받았다. 루브르 박물관의 경비병들에게 연행되어 간 경찰서에서 그는 이렇게 단언했다.

"적어도 사람들은 나에 관해 말을 하게 될 것이오."

스스로를 선구자로 만들기, 예속의 거부, 그런 일이 있었다

부류에 속하는 일체에 대한 증오, 이런 것들이 현대 미술의 3대 테마이다.

종속에 대한 혐오, 선행성에 대한 불신, 옛날의 배제, 이런 것들이 진보의 테마이다.

피에르 기야르는 농부의 바지와 고개를 숙이고 있는 여인의 팔에 흠집을 냈다. 하늘에 난 흠집은 복구가 불가능했다.

*

지구 상에 금세기처럼 혹한이 몰아쳤던 적은 없었으므로 유형성숙(幼形成熟)이 중단되었다.

유충들은 탈바꿈을 멈추었다.

세상에는 유령들 혹은 채색이 덜 되었거나 제대로 복사가 안 된 반영(反映)들로 우글거린다.

색깔이 바래면서 형태를 벗어난다.

고대 언어가 내 입술 위에서 차츰차츰 동기성(同期性)을 소멸해간다.

*

예술로서의 예술이 지닌 아름다움은 공포심이 생겨나던 시기인 18세기에 이미 사라지기 시작했을 수 있다. 칸트에 따르면 숭고함은 인간의 정신 속에 있는 것이었다.[3] 그 창안자인 롱기노스[4]의 말을 따르자면 숭고함이 본성에 내재해 있었다. 본성은 더이상 자신의 힘을 감추지 않는다. 인간은 자신을 지나치게 사랑하여 보기 흉해지는 나르시스처럼 저 자신을 바라보기 시작한다.

*

예술 작품들이 기대된 적이 있었는지의 여부는 확실치 않다. 작품들이 열렬히 환영을 받을 때조차, 환대의 대상은 정작 작품들이 아니라는 사실을 알게 된다.

장 드 라 퐁텐[5]의 『우화집』[6]은 발간 즉시 인기를 누렸지만 우화들 자체는 거의 이해되지 못했다. 이 우화들은 중학교 교재로 채택되지 못하고 외면당했을 뿐만 아니라, 사회에 대한 불신과 종교에 대한 모독으로 가득 찬 그 괴로운 의미에 대한 언급도 자제되었다.

때로는 환영위원회가 격렬한 증오를 표명하고 판매 금지를 내리는 일마저 생겼다.

---

**3** 칸트는 "우리가 그것에 대해 생각한다는 사실 자체로부터, 감각의 모든 측정 가능성을 넘어 영혼의 능력을 드러내는 것을 숭고하다고 말한다"고 하였다. 그는 또한 아름다움과 숭고함을 대립시키고 있다. 전자는 유한한 동시에 우리의 마음을 평안하게 해주는 반면, 후자는 무한한 동시에 우리를 흥분시키고 긴장하게 한다(으르렁거리는 대양, 폭발하는 화산 등).
**4** 롱기노스Longinos: 1세기 초에 활동한 그리스의 작가. 뛰어난 문예 비평서인 『숭고에 대하여』의 저자로 추정된다. 그는 문학에서 숭고함이란 작품에 배어 있는 작가의 '위대한 정신의 메아리,' 즉 작가의 기술보다 내적인 재질에 있는 최초의 주장을 하였다.
**5** 라 퐁텐Jean de La Fontaine(1621~1695): 프랑스의 고전파 시인, 우화 작가.
**6** 라 퐁텐이 30년 넘게 걸려 쓴 우화가 전 12권의 240편에 달한다. 1668년에 1~6권이, 1679~1687년에 7~11권이, 1694년에 12권이 간행되었다.

사실상 아무리 작은 예술 작품이라 해도, 그것은 이미 존재하는 것에 거의 존재하지 않았던 무엇인가를 덧붙이는 것이다. 정상적으로는 생겨날 수 없었을 그 무엇은 우리를 당황하게 한다. 전통으로의 복귀도 침입자, 말하자면 교란자가 될 수 있다. 예술이 우리를 당황하게 만드는 두번째 이유는, 예술은 예측 불가능한 것을 증가시킬 뿐만 아니라 죽음을 증오하기 때문이다. 예술가들은 죽음의 암살자들이다. 이런 의미에서, 죽음을 관장하거나 증가시키는 직업을 가진 자들이 예술가들을 벌하는 것은 지극히 당연하다.

*

인류보다 앞서 존재했던 매혹의 결과물인 모방이 자연 안에서 떠돌고 있다. 매혹되었기 때문에 사랑의 대상을 바라보는 탐욕스러운 눈초리가 생긴다.

육식은 진행 중인 매혹이다.

상징화는 가차 없는 매혹에서 처음으로 시도되었다.

심지어 나비와 꽃 사이에서도 가차 없는 교환은 지연되고, 느슨해지고, 제 모습을 훑어보다 멀어지고, 다시 돌아와서, 서로 맞춰 끼워진다.

욕망은 언제나 매료된 상태이다.

성인 토마는 *분리된 타성(他性)abalietas*이란 단어를 사용했다. 이 단어로 피조물인 모든 인간, 즉 타인에게서 태어났고, 타인에게 의거하며, 타인에게 배운, *타인에 의한ab alio*, 확고부동한 타자성의 뜻대로 무턱대고 기능하는 인간을 가리키고자 했다. 우리는 단지 파생물에 불과하다. 언어, 정체성, 육체, 기억, 이 모든 것이 타인에게서 우리에게로 온 것이다. 우리 내부에서 이루어지는 *자아ego*의 확립이란 *ab alio*, 즉 가계의 계승, 사회의 교육, 전통적 관습, 종교적 윤리, 언어의 지배와 같은 것으로서 타인에 의한 기원보다 훨씬 더 많은 취약성과 빈약함을 드러내고 있다. 매혹은 정체성에 선행한다. 자존심에는 주관적인 입장보다는 내면화된 *가담자socius*가 훨씬 더 많다. *자기애가 권장되는 경우*는 그 어디에서도 결코 찾을 수 없다. 그것은 언제나 어떤 매혹자 un fascinat——주어진 성(姓), 어머니의 시선, 복제된 조상 등——와 같은 매혹의 흔적일 따름이다. 자신의 모습을 닮는 자체유사(自體類似)란 없다.

*

생각되어진 것, 노에시스적으로 생각되어진 것, 문헌학적으로 생각되어진 것, 어원적으로 생각되어진 것(나는 지금 *완전히 상상된 것이 아닌* 인식을 환기하고 있다)은 *상상할 수 없는 것이* 되었다. 그런데 상상할 수 없게 되어버린 것이 이제는 존재하지 않는 듯이 여겨진다.

*

　지배적인 사고가 주변성을 규정한다. 상징적이던 것이 상상적인 것(종이 위에 그려진 이미지 혹은 화면 위의 이미지, 환상이나 꿈속의 이미지)이 되었다고 믿는 사고는 이미지가 없는 양식들(문학, 음악)을 자신의 재현 체계에 통합시킬 수가 없다.

　작가들과 음악가들의 소외는 분명하고 지속적이다.

　화가, 건축가, 모델, 영화배우, 정치가, 방송 진행자, 전도사, 폭력주의자, 생중계되는 죽음, 이런 것들에 대한 가치 부여는 확실하다. 1933년[7] 이후로 입증되고 있는 사실이다. 패배한 전선에서 전투를 지속할 하등의 이유가 없다. 단지 사회적 소외를 일탈로 바꾸기만 하면 된다. 사회적 지위의 주변성을 은둔성으로 바꿔 주변성을 무효화시키면 된다.

*

　타협하려는 자들은 이미지로 바뀔 것이다.

　그들은 희미해질 것이다.

　그들은 햇빛에 노출된 아침 식탁 위의 사진과 마찬가지여서, 사진처럼 갑자기 빛이 바랠 것이다.

[7] 독일에서 히틀러가 정권을 장악한 해.

점심 때는 그을리고 뒤틀린 사진처럼 될 것이다.

밤이슬이 내리고 다음날이 올 무렵에는 이미 갈라져 너덜너덜해진 사진처럼 되어 있을 것이다.

*

옛날에, 한쪽은 민주주의를, 다른 한쪽은 공화국을 창안하여 서로가 대립했던 고대 문명에서는, 인간의 말과 행동이 매우 일치했으므로 사람들은 자신들이 언어의 지배를 받는다고 생각했다.

모든 것들의 여왕인 언어*Regina rerum oratio*.

오늘날은 광장이 *신전templum*—움직이는 이미지들의 합동 *신전contemplum*—으로 변했으므로 사람들은 자신들이 움직이는 이미지의 지배를 받는다고 믿는다.

모든 것들의 여왕인 이미지*Regina rerum imago*.

*

카이사르[8]와 안토니우스의 아랫배를 자극하던 욕망의 대상이 음탕했던 것은 사실이다. 하지만 클레오파트라는 살아 있는 대상이었다. 카이사르는 개선식 때면 황소들이 끄는 수레에 클레

---

**8** 카이사르Gaius Julius Caesar(B.C. 100~B.C. 44): 로마의 장군, 정치가. 갈리아를 정복했으며(B.C. 58~B.C. 50), B.C. 49~B.C. 46년의 내전에서 승리해 딕타토르(독재관)가 되어 일련의 정치적·사회적 개혁을 추진하다 암살당했다.

오파트라를 태우고 이리저리 돌아다녔다. 그 뒤를 베르킨게토릭
스[9]가 쇠사슬을 끌며 따라갔다. 밀랍으로 주조된 죽어가는 브루
투스의 형상이 그 뒤를 따랐다. 마침내 행렬의 끝에는 큰 키에 목
이 길고 비쩍 마른 사람이 있었다. 그의 앞에는 형벌기구 *fascis*를
들고 발을 맞춰 포도를 울리며 행진하는 하급 관리들이 있었을 뿐
이다.


*


고대 일본에서는 상여를 '그림자 상자'라 불렀다.


*


경비병들이 환히 밝혀진 피로 물든 원형 경기장 안으로 사람
들을 밀어 넣는다. 사람들은 동물들의 습성과 기독교인들의 위반
에 대해 이런저런 말들을 나눈다. 제관(祭官)들과 점술에 대한 아
쉬움을 속삭인다. 대리관들에 대한 칭찬을 늘어놓는다. 용병들의
쾌거에 박수갈채를 보낸다.

그들은 모두가 말을 하고 있지만 그런 체할 뿐이다. 그들은
끊임없이 실패를 기다린다.


**9** 베르킨게토릭스Vercingetorix(B. C. 72년경~B. C. 46년경): 카이사르에게 진압당한 갈리
아의 반란군 대장. 로마에서 거행된 카이사르의 개선식에 불려나와 수모를 당했으며, 감
옥에서 교수형에 처해졌다.

관람객 모두가 경기장에서의 죽음에 환호한다.

영양 앞의 사자들, 도마뱀 앞의 맹금들, 생쥐 앞의 고양이들 등등.

*

반쯤 죽은 한 나르키소스가 세력을 떨치고 있다. 지금은 세계적이 된, 목적 의식이 배제된 고대의 지역적·상업적 합리성이 나르키소스의 시선을 조종한다. 그의 생각에 대해 조금이라도 말할 여지가 남아 있다면, 그의 생각은 온통 자신의 반영(反映)에만 쏠려 있다. 그의 생각은 하나의 시선, 하나의 화면, 하나의 반영이다. 시선은 반영을 찾는다. 반영은 화면을 찾는다. 화면은 시선을 찾는다.

*

모든 이들의 시선이 그 누구도 아닌 자의 반영 위에 머물러 있다.

# 제40장

내 식탁에서 이제 쾌활함이 사라졌다. 각자 저마다의 추억에 잠겨 있었다.

가장 젊은이들은 은밀하고 초라한 내면의 수렁으로 찾아들었다. 그들은 결국 냄새나는 그곳에서 익사할 것이다.

나는 밖으로 나왔다.

자갈이 깔린 산책로에서 갑자기 뒤로 돌아 집을 바라보았다. 마치 내가 집을 발견하기라도 한 것처럼.

나는 집을, 정원을, 연못을, 회양목을 바라보았다.

그리고 강에서 올라오는 안개에 차츰 휩싸이고 있는 아래쪽의 초록색 숲을 바라보았다.

나는 떠났다.

랑슬로[1]는 이리저리 떠돌았다.

---

1 클로드 랑슬로Claude Lancelot(1615~1695): 프랑스의 문법학자이자 작가. 포르루아얄 수도원의 은자였으며, 1672년에는 생시랑 수도원에 은둔하다가 1679년에 생트크루아 베네딕트 수도원으로 추방당했다. 그의 저서 『무슈 드 생 시랑의 생애』는 사후(1738)에 출간되었다.

# 제41장

루소에게는 졸로투른[1]에 사는 무슈 드 메르베이외[2]라는 친구가 있었다.



---

**1** 스위스 북서부에 있는 도시.
**2** 샤를 프레데릭 드 메르베이외Charles Frédéric de Merveilleux(?~1748): 장 자크 루소의 친구. 루소는 『고백록』 제4권에서 그에 관해 말하고 있다.

# 제42장 외바퀴 손수레

1715년 루이 14세가 죽자, 종쿠 양은 죽은 왕의 박해로 바스티유 감옥에 투옥된 장세니스트들의 석방 허가를 받아낼 목적으로 파리를 누비고 다녔다.

그녀는 모든 문들을 빠짐없이 두드렸다. 그 문이 어디에 있든 전혀 개의치 않았다. 성당 입구의 구석에 있든, 궁정의 주랑 아래 있든, 영주들의 대기실에 있든, 대신들의 사저 내부에 있든 간에.

끝없이 이어지는 나들이를 할 때마다 그녀는 한 번도 사륜마차를 이용한 적이 없었으며, 심지어 가마조차 타지 않았다. 그녀는 손수레 안에 들어가 앉았다.

사람들은 그녀가 탄 손수레를 브루에트brouette,[1] 브루에트 berouette, 비네그레트vinaigrette[2]라고 불렀다.

---

**1** 외바퀴 손수레를 뜻한다.
**2** 식초, 소금, 식용유를 섞어 만든 비네그레트 소스. 프렌치드레싱이라고도 한다.

그 당시 그렇게들 노래를 불렀다.

손수레에 앉는 즉시 종쿠 양은 책을 읽기 시작했다.

그녀와 마주 보고──적어도 활짝 펼쳐진 책과 마주 보고──한 남자가 비네그레트를 밀고 가는 동안, 종쿠 양은 외바퀴 위에 두 장의 아치형 널빤지를 나사로 고정시켜 만든 바닥에 부착시킨 접이식 간이의자에 최대한 편안한 자세로 앉아 있었다.

종쿠 양은 10년이 넘도록 여전히 책을 읽었다.

그녀의 머리에도 희끗희끗 서리가 내려앉았다.

그녀가 언제나 나무껍질 색깔의 원피스를 입었던 것은 가능한 한 짙은 색의 옷을 입기 위해서였다.

멋을 부린 것이라곤 고작 머리에 두른 갈색 스카프가 전부였는데, 그녀는 그것을 자신의 파격적인 멋내기라 불렀다. 그녀의 몸매는 가늘었다.

목적지에 도착하면, 그녀는 프랑스 수도 특유의 희미하고 흐릿한 대기 속으로 자신의 앙상한 손을 내밀었다.

수레를 밀고 왔던 남자가 그녀의 손을 잡아 내리는 걸 도와주었다.

사람들이 보기엔 손수레에서 검은색 모직 천이 내리는 것만 같았다.

포르루아얄 최후의 영혼은, 손에 자신의 책을 소중하게 쥔 채 포도 위로 내려와 진흙탕 속을 후들거리며 걸어갔다.

# 제43장

우리를 불안에 떨게 만드는 화법(話法)들이 있다.

우리에게 상처를 주는 다른 화법들도 있다.

그 말을 내뱉은 자들의 죽음 너머로 아직도 기억 속에서 우리에게 상처를 입히는 화법들이 있다.

이 목소리와 억양들은 '가족'이라 부를 수 있는 무엇을 형성한다.

사라졌거나 들리지 않는 목소리를 집요하게 살려내는 화법들도 있다. 그렇다고 목소리나 메아리가 죽은 자들에게서 직접 나오는 것은 아니다. 조상의 것이 아닌 한 숨결로부터 곧바로 나온다. 음성의 공명보다 더 감춰져 있고 속삭임보다 더 나직해서 울고 싶게 만드는 구술성(口術性), 그 내밀한 목소리로 목구멍을 가득 채운 화법들이 있다.

그것이 책들이다.

책들의 집합――구술성이나 사회를 제물로 삼지 않은 책들은 제외된—은 문학이라 부를 수 있는 무엇, 즉 직계가 아닌 비가족적인 가족, 비사회적인 사회를 형성한다.

*

내부intérieur는 안interne에 속하는 모든 것의 비교급이다.

내밀함intime은 최상급이다.

그 정도로 *내밀한* 목소리는 대기 중에서 더 이상 전달될 수도 없다.

그 목소리는 더 이상 육체에 깃든 숨결의 차원에도 속하지 않는다.

*

이제까지 알지 못하던 햇빛을 쐬게 될 책들은 순전히 문학적인 책들보다 훨씬 더 완강하게 침묵을 지킨다. 그 책들은 사랑하는 어떤 이의 이름과도 같다. 그 사람의 이름을 말할 수 없는 이유는, 정작 그 자신은 모르고 있는데, 자식들이 제 진짜 아비가 누구인지 알게 될 것이 두려워서이다.

*

그림이 없는 책들은 예전의 기금 미사와도 같은 것이 되었다. 독실했던 고인(故人)들은 그들의 내세를 보장해줄 미사를 영구히 약속받을 목적으로 생전에 헌납을 했다. 자신들의 전성기에 *1640년대의* 루이 금화가 가득 찬 지갑을 공증인에게 맡기거나, 혹은 교구에 토지의 사용이나 혜택을 베푸는 방식으로 이런 미사에 들어갈 비용을 미리 지불하기도 했다.

사람들은 거기 있지 않은 자를 위해 노래했다.

검은 승복을 입은 독신 남자들이 시체들의 손에서, 피골이 상접한 이들의 앙상한 손에서, 이제는 어디에도 존재하지 않는 먼지로 변해버린 손에서 이 금화를 벌어들였다.

사제가 허공에 미사를 올리는 것과 마찬가지로, 오르간 주자가 이 세상과 더 이상 관련이 없어진 추억을 위해 연단에 오르는 것과 마찬가지로, 한 권의 책이 그 저자는 알지 못하는 한 시선에게 말을 건네는 것과 마찬가지로 말이다.


*


예전에는 고스란히 들어오던 엄청난 수입이 18세기 초엽부터 갑자기 줄어들기 시작했다.

죽은 자들에게서 강탈된 기부금이 예전에 비해 점점 줄었다.

게다가 처음으로 인간을 매장하는 일이 잇달아 발생했다.

이미 주어진 적이 있었던 어떤 행운이 다시 은밀하게 다가오고 있다.

돌연 나타나는 과거의 잔해, 잔해가 베푸는 너그러운 혜택,

보이지는 않지만 떨리는 열정의 후광을 받아들일 필요가 있다.

카이사르는 갈리아 전사들에게 작은 지면을 할애해 이렇게 쓰고 있다. "그들은 고인의 마음에 들었다고 여겨지는 것을 모조리 불태운다."

*

언어에서 멜뤼진[1]의 금기는 가장 아름다운 테마이다.

보는 이를 돌로 변하게 하는 메두사의 아름다움은 유일한 아름다움이다. 인간의 세상을 능가하는 아름다움이다. 갑자기 몸이 마비된 짐승들이 알아보는 매혹적인 아름다움이다.

우울증 환자, 실어증 환자, 무언증 환자, 신생아, 어린애, 몽상가, 신정한 음악가, 에로티시즘 애호가, 환상가, 작가, 사랑에 빠진 사람, 죽어가는 사람, 그들에게 그것은 유일한 아름다움이다.

*

말로 표현되려고 애쓰는 무엇을 생각하면서 알기도 전에 느끼는 것, 그것은 틀림없이 글을 쓰는 움직임이다. 한편으론 언제

[1] 프랑스 푸아투에 있는 뤼지냥 가(家)의 성(城)을 소유하게 된 장 드 베리의 요청으로 장 다라스가 성의 전설과 문헌상의 기록을 토대로 1392년에 쓴 산문소설의 주인공. 아내 멜뤼진이 목욕하는 장면을 보아서는 안 된다는 금기를 어기고 이를 훔쳐본 남편은 아내가 목욕하는 동안 뱀으로 변한다는 사실을 알게 되지만, 그 대가로 아내를 잃게 된다. 이 주제는 많은 작가들에게 영감을 주었다. 네르발과 괴테도 멜뤼진 이야기를 주제로 작품을 썼다.

까지나 혀끝에서 맴도는 말로, 다른 한편으론 손끝에서 달아나는 언어의 집합으로 글을 쓴다. 발견의 시초에 소위 알아맞힌다고 부르는 것이다.

알겠다! 뭔지 알겠어! 이어지는 것에도 초발심의 강도로 다시 불을 붙이기.

*

이전의 어둠에서 모든 것을 끄집어내기. 사라진 것에 끝없이 불을 붙이기, 바로 그것이 엄밀히 말해 독서이다. 소멸하는 모든 것에 늦게나마 제 색깔을 찾아주기.

사방에서, 도처에서, 어디서나 새벽을 되찾기, 그것은 삶의 한 방식이다.

완연한 가을에 출생을 재현하기, 되찾을 수 없지만 사라진 여인을 소리쳐 부르기, 다른 기회란 없으므로 처음으로 불쑥 출현할 때 이 부단하고 예측할 수 없는 다른 존재를 다시 떠오르게 하기.

태어나기.

여전히 침묵과 관련된 언어는 둥지이다. 어둠과 관련된 가시 세계가 꿈인 것과 마찬가지다.

그리고 잃어버린 노래와 그 노래 뒤편으로 사라진 고대의 청각을 침묵으로 알려주는 문자, 그것이 문학이다.

그리고 마치 아직도 꿈속에 있듯 무의식적으로 떠오르는 이미지들 혹은 천상의 이미지들을 재현해놓은 동굴, 그것이 회화

(繪畵)이다.

동굴의 어둠은 과장된 꿈이다.

동굴의 내벽은 눈꺼풀 안쪽에 있는 인간의 피부이다.

주변에서 하나씩 물어다 나른 나뭇가지들과 역경 속에서도 생존을 위해 모아놓은 하잘것없는 것들로 만들어진 이 둥지가 인간의 머릿속을 온통 차지할 때는, 아직 우리가 머릿속에서 말들을 지어내려고 애쓰고 있는 때, 즉 말들을 찾아내기 바로 직전이다. 시간을 거슬러 기억을 되찾기에 앞서 생각에 잠겨 있을 때이다. 알고 있을 때보다는 찾아내려 할 때이다. 알아차린 때보다는 글로 쓸 때이다.

글로 쓸 때보다는 즐길 때이다.

즐길 때보다는 욕망할 때이다.

문학은 이 침묵의 전(前)단계에서 전부를 취한다. 이 '둥지-책'에서. 감히 말하건대 이미지들로 가득 찬 이 *원초적 장면Urszene*에서.

책들은 비밀secret의 사무국secrétariat이다.

두 가지 위대한 고안물, 즉 산속의 동굴과 언어 속의 책.

*

그 이유는 두개골의 토대가 된 것이 동굴이기 때문이다.

서양을 구원한 것은 수도원들이다.

인류는 무기보다는 독서에 힘입은 바 크다. 인도에서도, 티베트에서도, 일본에서도, 아이슬란드에서도 그렇다. 중국에서도 기록의 독해는 문명의 토대가 된다. 모든 사람이 독서를 중단하게 되면 문학의 가치가 다시 존중받게 될 것이다. 이런 경험으로 인해 문학의 은둔처는 재창조될 것이다. 사실상 인간의 다른 어떤 경험이 이에 필적하지 못하는 한 그렇다.

비록 가장 고립된 경험일지라도.

가장 비속세적인 은자의 경험일지라도.

문학에 대한 이야기가 절대 이 나라에서 저 나라로 전해지지 않을 정도로. 이야기는 수도원에서 수도원으로 전해진다.

수도자에게서 수도자에게로.

한 사람*monos*에게서 한 사람*solus*에게로.

한 사람에게서 한 사람에게로.

# 제44장

1989년 10월 9일 월요일, 나는 베르하임[1]을 떠났다.

자유로운 사람들의 은밀한 사회가 점점 축소되어간다. 이제는 거의 개인이나 다를 바 없다. 친구들은 내게 더욱 소중해졌지만 그 수는 점점 줄어든다. 암미아누스 마르켈리누스[2]의 기록에 따르면, 황제가 제국의 시민들에게 자유를 주자, 그들은 자유를 치명적인 함정으로 여기면서 이렇게 말했다.

"그는 우리를 파멸시키려고 자유를 주는 것이오."

시민 대표들은 평민들을 불러 모은 다음 선언했다.

"자유는 우리를 예속시킬 목적으로 카이사르가 찾아낸 수단이오."

폭정을 그토록 갈망했으며, 권력자들의 지배와 친족들이 지

---

1 프랑스 알자스 지방의 작은 도시.
2 암미아누스 마르켈리누스Ammianus Marcellinus(330년경~400년): 로마의 역사가. 로마 제국 말기의 역사를 31권의 역사책 『사건 연대기Rerum gestarum libri』에 기록했다. 지금은 352~378년을 다룬 18권밖에는 남아 있지 않다.

닌 권위의 보호하에 안주하기를 얼마나 원했던지, 그들 중에서 훨훨 날아다니고, 먹이를 쪼아 먹고, 깡충거리며 뛰기도 하고, 천지 사방을 바라보는 새처럼 욕망하고, 먹고, 숨고, 움직이며 살 수 있는 가능성을 십분 활용하기를 원하는 사람은 단 한 명도 없었다.

그들 모두가 자유로워지기를 거부했다.

*

자유는 고대 로마에서 최고의 가치였다. 타협의 여지없는 절대 가치였기 때문에 아비가 자식의 자유를 박탈하는 일은 왕정 내내, 공화국 내내, 제정(帝政) 내내 용납되지 않았다.

아비는 자기 자식을 죽일 수 있는 권리가 있었다.

아비가 자식을 타인에게 양도할 때라도, 팔아넘길 때라도, 가문에서 추방할 때라도, 내버릴 때라도, 목을 벨 때라도, 자식의 자유만은 빼앗을 수는 없었다.

*

원로원의 사절들은 킹킨나투스[3]가 테베레[4] 강변에서 팔을 걷

---

**3** 킹킨나투스Lucius Quinctius Cincinnatus(B.C. 519?~?): 고대 로마의 농부 이미지를 지닌 영웅. B.C. 458년에 알기두스 산에서 아이퀴족에게 포위당한 콘술(집정관) 미누키우스의 군대를 구출하도록 딕타토르로 임명되자, 그는 단 하루 만에 적군을 무찌르고 로마에서 개선식을 가진 후, 이내 권력을 내놓고 농사일로 돌아왔다고 전해진다.
**4** 이탈리아의 로마를 지나 흐르는 강.

어붙이고 몇 에이커 되지 않는 자신 소유의 땅을 일구는 모습을 보았다.

그는 이마에 흐른 땀을 모직 천으로 닦았다.

오두막 안의 다져진 땅 위에서 옷을 모두 벗고, 몸에 말라붙은 진흙을 짚으로 문지른 다음, 허벅지와 상반신에 토가[5]를 걸친다.

그는 나간다.

그리고 배를 타고 광장으로 간다. 알기두스 산[6]에서 아이퀴족[7]을 무찌른다. 열엿새 만에 킹킨나투스는 독재관직을 사임하고 농사일로 돌아온다.


*


요(堯) 임금이 천하를 다스리게 되자 백성자고(伯成子高)를 제후로 삼았다. 그후 요 임금이 순(舜) 임금에게 천자 자리를 물려주고, 순 임금은 위(禹) 임금에게 천자 자리를 물려주었다. 그러자 백성자고는 제후 자리에서 물러나 손수 농사를 지었다. 위임금이 그를 찾아가니 그는 들에서 분주히 밭을 갈고 있었다. 나는 시공을 초월한 이런 만남을 좋아한다.

위 임금은 공손히 백성자고에게 다가가서 물었다.

5 고대 로마인들이 입던 길고 평퍼짐한 옷.
6 본문의 "미누키우스에서"를 "알기두스 산에서"로 정정하여 옮겼다. 미누키우스는 킹킨나투스가 알기두스 산의 전투에서 구한 콘술의 이름이다. 키냐르가 인명과 지명을 혼동한 듯싶다.
7 아벤스 강 지류들이 흐르는 지역에 살았던 이탈리아의 고대 종족. 오랫동안 로마에 적대적이었다가 후에 로마에 흡수되었다.

"옛날 요 임금께서 천하를 다스릴 때는 선생께서 제후로 계셨습니다. 헌데 지금 선생께서는 제후 자리를 물러나 농사를 지으려 하십니다. 그 까닭이 무엇입니까?"

"신은 제후 자리를 물러나려 하는 것이 아닙니다. 이미 물러났사옵니다."

"그렇다 하여 짐의 질문이 달라지지는 않습니다. 무슨 까닭입니까?"

"요 임금은 이제 천자가 아니십니다. 지금은 황제께서 다스리고 계십니다."

"짐에게 그런 식으로 답변하는 것은 좋지 않을 듯싶습니다." 위 임금이 나지막이 말했다.

"당연히 드릴 말씀을 한 일에 잘잘못이 있는지는 모르겠습니다." 백성자고가 대꾸했다.

"농사를 짓다 보니 머리가 좀 이상해진 모양입니다." 위 임금이 넌지시 말했다.

"보잘것없는 밭을 갈다 보니 머리가 이상해졌는지도 모르지만, 옛날 요 임금께서 천하를 다스리실 때는 백성들이 두려워했었다는 생각이 듭니다. 지금 황제께서는 많은 상과 많은 벌을 내리시는데도 백성들은 어질지 않습니다. 청(淸)과 탁(濁)의 구분이 없으며, 남과 여, 선과 악, 이방인과 형제의 구분은 물론 사물들의 이름조차도 없습니다. 이로부터 필시 후세의 혼란이 시작되고 있는 것입니다. 어찌해서 황제께서는 물러가지 않으십니까? 저를 귀찮게 하지 마십시오! 그냥 내버려두세요! 제발 제 일이나 방해하지 말아주십시오."

이것이 위 황제가 제국의 패권을 획득한 데 대한 축하로 백성자고가 한 대답이었다.[8]

*

1989년 10월 10일 화요일, 나는 슈투트가르트의 아파트 문을 잠갔다.

1989년 10월 11일 수요일, 노랗게 낙엽으로 물든 공원에서 책을 읽곤 하던 카를스루에[9]를 떠나, 프랑크푸르트에 도착했다. 글을 쓰는 자의 고독과 읽는 자의 고독 사이에는 확고부동한 유대가 있다.

큰 시장에서는 오직 수표만이 읽힌다. 중간 상인들의 축제이다. 도살되는 짐승들이 울부짖는 동안, 사육자들은 피 묻은 돈을 센다. 우리는 1차 산업이다. 나는 혼자 중얼거린다.

"날 방해하지 말아요!"

나는 점점 더 작은 소리로 말한다.

"날 방해하지 말아요!"

나는 이렇게 썼다.

우리는 암소들이다.[10]

---

8 『장자』(외편) 제12편 천지에 나오는 에피소드이다.
9 독일 남서부 바덴뷔르템베르크 주에 있는 도시.
10 프랑크푸르트에서는 매년 10월에 국제 도서전이 열린다. 이곳에 초청된 키냐르가 출판업자를 가축 상인에, 저자를 가축(암소)에 비유하고 있다.

　　　　　　　　　　　　*

　　날씨는 화창했고 햇빛은 눈부셨던 1994년 4월의 어느 날, 루브르에서 나오면서 나는 왜 갑자기 걸음을 재촉했던 것일까? 잰걸음으로 한 남자가 센 강을 건너간다. 퐁루아얄의 아치 교각 밑으로 온통 하얗게 반짝거리며 흐르는 강물을 내려다보고, 본 가(街)를 걸으면서 새파란 하늘을 올려다본다. 그는 급히 서둘러 세바스티앵보탱 가에 있는 육중한 나무문을 밀고 들어가서 이제까지 자신이 해오던 모든 직책에서 갑자기 물러난다.[11]

　　　　　　　　　　　　*

　　우리는 감옥의 간수이면서 동시에 탈옥수가 될 수는 없다.

　　　　　　　　　　　　*

　　이상이 첫번째 논거이다.

　　베네딕투스 스피노자는 네덜란드 사람들을 *최후의 야만인* *ultimi barbarorum*이라 불렀다.

　　그의 「서간 50」에는 이렇게 씌어 있다. "영혼이 이성을 사용

11 키냐르는 1994년 갑자기 모든 공직을 사임하고 사회의 여백으로 물러나 지금까지 집필에만 열중하고 있다.

하는 한, 영혼은 국가에 속하지 않고 그 자신에게 속한다."

스피노자는 상반되는 두 극단으로서 *대중vulgus*과 *친구 carus*를 대립시켰다.

그가 한 말이다. "우리는 예속 상태가 주업무가 된 사람들의 자유를 기대하지 않는다."

*

자신들의 직장 공동체에서 굳게 결속된 개인들이 추구하는 바는 좀더 큰 육체 안에서 이루는 융합이다. 그들은 한 용기(容器) 속에 자신을 내맡겼던, 예전에 느끼던 기쁨을 되찾는다. 그들은 언어 습득으로 인해 각자 안에 도입된 주체성과 명사적 정체성이 부여한 문제적 특권들을 포기한다. 그들은 타인들의 욕망에 전념한다. 즉 마조히스트들이 느끼는 수많은, 반복적이고, 페티시즘적이고, 강박적이고, 변함없는 기쁨들을 누린다. 암미아누스 마르켈리누스의 말을 다시 인용하자면, 그들은 이미 겪어본 폭군(그들이 제정한 법의 한계 내에서 과도한 고통을 참을 수 있을 만큼 그들을 모욕하는)의 복위를,

예측할 수 없는 불안보다,

아버지 상(像)의 부재보다,

자신의 경멸보다,

고독보다 더 좋아한다.

*

공동체들 모두가 외부 공간보다 더 멀리에서, 대기의 하늘보다 더 멀리에서 출생의 상류로 던져진 기호, 즉 소속의 기호로서 사회가 인정해주기를 원한다. 곰,[12] 종달새,[13] 여자, 동성애자, 환자, 거지, 방랑자, 음악가, 화가, 작가, 성자들이여, 정치권력에서 이름을 떨치지 마시라.

법원에서 권리를 주장하지도 국가에게 의미를 요구하지도 마시라.

두번째 논거는 이러하다. "본래 국가란 권리 자체가 그러하듯 근거가 없는 것이다."

폭력에 의해 죽은 자가 국가의 토대를 이루는 것은 마치 대속자가 신을 만드는 것과 같다.

순교자가 폭군을 만드는 것과 같다.

다모클레스[14]가 디오니시오스를 만드는 것과 같다.

---

**12** 한 집단(부족)의 토템 동물.

**13** 갈리아족을 상징하는 새. 고대 로마의 군대에는 종달새 군단이라 불리던 갈리아 군단이 있었다.

**14** 다모클레스Damocles(?~?): B.C. 4세기경 활동한 시칠리아 시라쿠사의 폭군이었던 대(大)디오니시오스Dionysios(B.C. 405~B.C. 367 재위)의 신하. '다모클레스의 칼' 전설로 유명하다. 다모클레스가 디오니시오스의 행복을 터무니없이 과장하여 떠들어대자, 디오니시오스는 그를 화려한 연회에 초청했다. 그리고 천장에 실 한 올로 매달아놓은 칼 밑에 그를 앉히고 권력자의 운명이 그만큼 위험하다는 것을 보여주었다.

*

집단에 소속된 이들의 일치된 견해로는 사회로의 편입을 거부하는 일은 처벌받을 만한 짓이다. 유죄 판결은 모든 신화의 핵심이다.

열정적인 사랑의 경우가 그러한데, 그것은 집단 구성원들 간의 번식 보장을 위한 체계화되고 서열화된 교환 질서를 어지럽힌다.

호메로스의 말이다. "비정치적인apolis 한 개인은 내란이다."

늙은 음영시인의 이 말은 국적 없는 사람은 누구라도 장차 내란의 씨앗이 될 수 있다는 뜻이다.

헤로도토스의 글이다. "그 누구도 고립된 개인인 자신만으로는 충분하지 못하다."

축어적으로 옮기면, "자급자족적autarkes이지 못하다"이다.

성경의 말씀이다. "혼자인 사람은 불행할지어다! 외톨이는 죽은 사람이다."[15]

하지만 틀린 말이다. 그것은 사회가 늘 하는 말이다. 모든 구전문학에서 화자는 사회이다. 지구 상의 어느 곳의 신화도 한결

---

[15] 성경의 다음 구절을 키냐르식으로 요약하여 인용한 것이다.
"혼자서 애를 쓰는 것보다 둘이서 함께하는 것이 낫다. 그들의 수고가 좋은 보상을 받을 것이기 때문이다. 넘어지면 일으켜줄 사람이 있어 좋다. 외톨이는 넘어져도 일으켜줄 사람이 없어 보기에도 딱하다. 그뿐이랴! 혼자서는 몸을 녹일 길이 없지만 둘이 같이 자면 서로 몸을 녹일 수 있다. 혼자서 막지 못할 원수도 둘에서는 막을 수 있다. 세 겹으로 실을 꼬면 쉽게 끊어지지 않는 법이다." (「전도서」 4: 9~13)

같이 이렇게 말하고 있다. "행복한 사랑이란 없다. 부족 간의 교환과 계보상의 결합을 보존할 목적이 있을 뿐이다."

하지만 틀린 말이다.

왜냐하면 행복을 맛본 금지된 연인들이 있었기 때문이다.

왜냐하면 은둔자, 방랑자, 주변인, 샤먼, 분리주의자, 포르루아얄의 은자들처럼 그 누구보다 행복했던 혼자인 사람들이 있었기 때문이다.


*


자신들이 소속된 가족이나 집단에서 이탈하는 개인들은 어느 시대에나 있었다.

모두에게서 멀어지려는 결단, 주변인이 되려는 선택은 동물들이 무리를 짓던 초기부터 있었다.


*


개벽 이래로 원천(源泉)은 빈번히 동굴을 넘나들었고, 동굴은 태생 동물들을 끌어들였다. 그들은 동굴에 몸을 의탁했었다. 동굴에 들어찼던 빙하가 녹아서 움푹한 공간이 드러나면, 그들은 다시 동굴로 돌아갔다.

# 제45장

나는 부질없는 생각에 골똘히 잠겨 고개를 숙인 채 길을 걷고 있었다. 갑자기 누가 내 등을 난폭하게 떠다민다고 느꼈다. 앞으로 급히 고꾸라지는 바람에 손으로 땅을 짚을 틈조차 없었다. 곧바로 머리를 바닥에 부딪쳤다. 어떤 사람의 존재가 아주 가까이서 느껴졌다. 나는 머리를 들고 그의 얼굴을 뚫어지게 쳐다보았다.

내 이에서 피가 흐르는 것이 느껴졌다.

그는 아주 잘생긴 창백한 청년이었는데, 수단[1] 비슷한 옷을 입었고 손에는 소형 황색 수류탄을 움켜쥐고 있었다. 그것을 내 눈 앞으로 들이밀었다. 나는 아픈 턱을 만져보려다가 즉시 입을 무릎으로 걷어채인 바람에 짧은 비명을 질렀다. 그는 발목이 높이 올라온 큼직한 농구화를 신고 있었다.

[1] 가톨릭 신부나 판사가 입는 긴 옷.

"꼼짝 마!" 그가 조용히 말했다.

나는 움직이고 있던 게 아니었다. 너무 아파서 울고 있었다.

그가 손을 내밀어 내 안주머니에서 지갑을 꺼냈다. 그 안에 있던 돈을 꺼내더니 지갑을 내 얼굴 근처로 던졌다. 그는 서두르지 않고 떠났다.

나는 그를 바라보고 있었다. 그는 유유히 멀어져가고 있었다.

나는 네 발로 일어서보려고 애를 썼다. 갑자기 내 등덜미에 또다시 누군가의 손길이 느껴졌다. 나는 그만 기가 꺾여버렸다. 그 손이 나를 잡아당겼다. 내가 몸을 돌려 바라보았다. 어떤 늙은 여자가 나를 일으켜 세우려고 애를 쓰고 있었다. 여자는 나를 잡아당기면서 이렇게 물었다.

"기동경찰에 신고할까요?"

"절대 안 돼요!" 느닷없는 공포에 사로잡혀 내가 중얼거렸다.

"왜요?" 나이 든 여자가 물었다.

꿈속에서 나는 울면서 이렇게 말했다.

"난 드랑시²로 끌려가기 싫어요."

---

2 파리 북동쪽 외곽에 있는 도시. 1941년에 집단 수용소가 세워진 곳이다.

# 제46장

이 점을 생각할 필요가 있다. "죽음은 사냥꾼이다. 인간은 먹이에 불과하다."

분리 독립은 전면적인 것이 되었다.

학사들은 더 이상 권력의 아첨꾼들 옆에 서 있지 못한다.

브라만[1]과 라자[2]는 더 이상 서로 말을 나누지 않는다.

처음으로 한 사회의 형태가 한 문학의 존재와 대립한다.

한 사회가 운영되는 방식의 중립성은 대립의 책임을 불가능한 *것들impossiblia*의 탓으로 돌린다.

*중립neuter*이란 엄밀히 말해 분산된 것을 의미한다.

사회의 편극(偏極)이 분산되는 현상, 그것이 내란이다.

그것은 이미 종교적인 내란도, 귀족들이 일으켰던 프롱드의 난[3]도 아니다.

---

1 인도의 힌두교에서 4등급의 사회 계급 중 가장 높은 사제 계급에 해당한다.
2 브라만 계급에 속하는 독립 영주.

다소간 억눌린 내란이 더 이상 발생하지 않는 국가는 더 이상 국가라고 할 수 없다.

시장은 단일해짐으로써, 시장들 간에 더 이상 전쟁이 일어나지 않는 극(極)이 없는 하나의 시장으로 변했다.

극이 없는 교환, 지시 대상도 *타자alter*도 없는 국제 금융 체제, 이런 것들이 *impossiblia*이다.

*

신세계의 땅 위에 세워진 예전 영국 식민지들이 500년 전부터 권장했던 두 가지 가치, 즉 청교도주의와 낙관주의에 대하여.

이 두 가치는 한심할 정도의 쾌활함이라는 하나의 덕목으로 요약된다.

돈, 기업, 이윤, 풍요, 번식, 여자, 건강, 빚, 자식, 학업, 승리, 야구, 생산력, 이런 것들에 대한 숭배가 신조이다. 2,400년 전에 고대 아테네인들이 민주주의라는 명칭을 만들어서 지시하고자 했던 바는 이런 것이 아니었다.

---

3 프랑스 루이 14세의 미성년 시절에 발생했던 일련의 내란(1648~1653)이다. 특권 귀족층의 반(反)왕정 운동이었으나, 실패함으로써 오히려 루이 14세의 절대주의의 기반이 마련되었다.

*

신앙의 자유는 *메이플라워* 호로 운반된 짐이 아니었다.

민주주의는 결코 대서양을 건넌 적이 없다.

헌데 *계몽주의Aufklärung*와 프랑스 대혁명의 이념들이 1620년의 한 선박에 승선할 방법이 있기나 했을까?

매사추세츠 만[4]에 내린 청교도 사제들은 궤짝에 담아 가져온 것들을 진흙 투성이 해안에 차례로 하나씩 내려놓았다. 바로 다음과 같은 것들이다. "죄악, 금연, 커다란 실크해트, 소설의 백안시, 내면적 삶의 완전 척결, 카드놀이의 금지, 나팔처럼 위가 벌어진 장화, 검은 옷, 총포, 장신구 착용 금지, 향수 금지, 리본과 레이스 금지, 음란한 그림 금지, 비투스 베링[5]이 나중에 발견한 해협을 통해 8천 년이나 먼저 도착했던 선사 시대 이래의 부족들과 후기 시베리아인 부족들의 선교사들에 의한 멸종, 성경, 장갑 착용 금지, 근엄한 기름진 얼굴, 육체에 대한 증오, 하얀 맨손, 인종 차별주의, 아프리카 해안에서 사들인 흑인들의 노예 제도, 공산주의자 추방 운동, 위스콘신의 상원의원 조지프 R. 매카시,[6] 개인

4 미국 매사추세츠 주에 있는 북대서양의 만. 이곳에 보스턴 만, 플리마스 만, 케이프코드 만 등의 작은 만들이 있다.
5 베링Vitus(Jonassen) Bering(1681~1741): 러시아의 항해가. 베링 해협과 알래스카 탐험을 통해 러시아의 북아메리카 대륙 진출의 거점을 마련하였다.
6 매카시Joseph Raymond McCarthy(1908~1957): 1950년대 초 미국 정부의 고위직에 공산주의자들이 침투해 체제 전복을 꾀하고 있다는 근거 없는 고발을 해 미국 전역을 떠들썩하게 만들었던 매카시 선풍의 장본인이다. 원서의 McCarty는 McCarthy의 오기(誤記)

의 생각을 통제하는 공공의 감시자, 텍사스의 특별검사 케니스 스타,[7] 하느님의 아들.”


*


　1998년 10월 10일 토요일, 미국의 상원은 종교의 자유에 대한 법률을 만장일치로 채택해서 세상에 선포했다.
　다음은 그 본문이다. “종교의 탄압이 입증된 모든 나라는 무역상의 혹은 재정상의 제재와 함께 무신론의 폐해를 감시할 임무를 맡은 독립된 위원회가 부과될 것이다.”
　1998년 10월 11일 일요일, 미카엘 호로비츠[8]는 「계몽주의에서 물려받은 세계관에 대한 대승리」(허드슨 인스티튜트)에 경의를 표했다.


*


　1637년 조제프 신부는 리슐리외에게 이렇게 말했다.

로 보인다.
**7** 스타Kenneth W. Starr: 빌 클린턴 미국 대통령과 백악관 임시 직원 모니카 르윈스키의 섹스 스캔들을 비롯하여 4년 간 집요하게 클린턴 대통령을 압박하여 미 정계에 일약 스타로 떠오른 특별검사.
**8** 호로비츠Michael Horowitz: 미국의 법학 교수, 법률가. 정치적으로는 신보수주의 성향에 속하며, 부시 노선을 지지한다. 허드슨 인스티튜트(1961년에 설립되어 비관습적인 방식으로 미래의 프로젝트를 설계하는, 일종의 싱크 탱크Think Tank의 역할을 수행하는 기관)에서도 중책을 맡고 있다. 법률 개혁, 종교 탄압, 미국 복지 제도의 미래, 연방주의, 미국 국회에 대한 기사들을 썼으며 저서도 여러 권에 이른다.

"도시, 숲, 바다, 빙하를 바라볼 때면, 나는 이 세상이 한 편의 우화이며 우리의 이성은 사라졌다고 믿게 됩니다."

파리에서 리슐리외는 류트 연주자를 불러「마지막 왕국」이란 제목의 샤콘[9]을 연주해달라고 청했다.

연주자는 그 다음에「떠돌고 있는 그림자들Ombres qui errent」을 연주했다. 그것은 프랑수아 쿠프랭[10]이 주선율만을 따서 자신의 마지막 하프시코드 곡집에「떠도는 그림자들Ombres errantes」이란 제목으로 수록한 바로 그 곡이다.

같은 시기에 조지 폭스[11]는 자신의 프렌드회를 확장시켰다.

아우구스티누스[12]의 출현이었다.

*

어느 날 리슐리외가 생 시랑에게 말했다.

"이 남자가 바스크 사람이라는 것은 분명해요. 뱃속엔 뜨거운 정이, 머릿속엔 환상이 가득하니 말입니다."

---

9 16세기에 에스파냐에서 시작된 4분의 3박자의 느린 춤곡.
10 쿠프랭François Couperin(1668~1733): 프랑스의 작곡가이자 하프시코드 연주자.
11 폭스George Fox(1624~1691): 잉글랜드의 설교가, 선교사. 퀘이커교(프렌드회) 창설자. 그는 교회의 관습이나 성서의 권위를 초월하는 내적인 빛, 즉 하느님으로부터 오는 영감에 의존하는 개인의 신앙 체험을 더 중요시하였다.
12 아우구스티누스Aurelius Augustinus(354~430): 로마령 아프리카에 있던 도시 히포의 주교(396~430). 당시 서방교회의 지도자이자 고대 기독교의 가장 위대한 사상가이다.

*

생 시랑이 얀세니우스를 알게 된 것은 루뱅[13]에서였다. 그 두 사람은 역마차를 타고 바욘[14]으로 가서, 캉피프라에 있는 생 시랑의 본가에서 살았다.[15] 아름답고 난폭한 대서양이 바라보이는 곳이었다.

그들은 소규모 단체를 결성하여 네로 황제 지배하의 기독교인들이 지녔던 초기 이념을 되살릴 꿈을 키우고 있었다.

그들은 기분전환 삼아 배드민턴을 했고, 달인이 되었다. 드 오란 부인[16]은 두 사람이 공을 떨어뜨리지 않고 계속해서 3,223번이나 치는 것을 보았다고 말했다.

얀세니우스가 생 시랑에게 말했다.

"우리는 대상을 남김없이 태워버리는 초산염이야. 지구는 권능과 욕망이 서로 정면으로 맞서 있는 닫힌 장(場)일세. 우리는 80므나[17] 규모의 정원에 은둔하고 있는 거네. 우리가 섬기는 신의

---

**13** 예전에는 에스파냐령 네덜란드에 속했으나 현재는 벨기에의 도시이다. 1425년 네덜란드 최초의 대학인 루뱅 가톨릭 대학교가 생겨 학문의 중심지가 된 곳이다. 1602년 얀세니우스(얀센의 라틴어명)가 이 대학에 입학했고, 그곳에서 프랑스에서 온 학생인 생 시랑을 만났다.
**14** 프랑스 남서부에 있는 항구 휴양 도시. 프티바욘에는 병기 창고인 샤토뇌프와 바스크 박물관이 있다.
**15** 1611년 얀센은 생 시랑을 따라 바욘 교외인 캉피프라에 있는 그의 부모집으로 갔다. 그곳의 주교는 얀센에게 주교 관할 콜레주의 관리를 맡겼으며, 이 2년(1612~1614) 동안 얀센과 생 시랑은 함께 초기 교부들의 저작 연구에 몰두할 수 있었다.
**16** 생 시랑의 어머니를 가리킨다. 생 시랑의 본명은 장 뒤베르지에 드 오란Jean Duvergier de Hauranne이다.

품은 점점 좁아지고 있어. 지금은 300년일세. 자네는 메트로도로
스[18]이고, 나는 불태우는 에피쿠로스라네. 나는 메트로도로스의
딸을 찾고 있네."

이 말에 무슈 드 생 시랑은 열성적으로 답변했다.

"배드민턴 공은 공기가 쌓여서 깊이와 색이 생겨난 하늘 쪽
으로 방향을 잡은 완전한 현재지. 가장 빨리 달리는 사람들이 그
러하듯 땅 위로 내려앉지 않는 한 그림자란 말일세."

*

우리 사회들은,

고통, 부정(否定), 두려움, 성급함, 비극적 상황, 우울, 침묵,
비밀, 비가시적 세계를 피하고,

숭고한 문명을 버린다.

그 사회들은 아찔하게 높이 솟은 절벽 앞에서, 깊은 정글 내
부에서 공포에 질린다. 극도의 불안과 욕망을 불러일으키는, 가
장 아름다우면서 언제나 상실과 죽음의 위험을 내재한 기쁨들을
거부한다.

---



17 고대 그리스에서 사용한 용적의 단위.
18 메트로도로스Mêtrodôros(B.C. 330?~B.C. 277): 그리스의 철학자. 람프사코스에서 에
피쿠로스를 만나 그의 제자가 되어 함께 아테네로 갔으나, 스승보다 먼저 세상을 떠났다.
그러자 스승은 그의 가족들을 돌보라는 유언을 자손들에게 남겼다.

*

물이 솟는 샘 옆에 있어야 한다.

*샘 가까이prae-sentia.* 라틴어 *prae*는 프랑스어의 *près*, 즉 '가까이, 옆에'라는 의미이다.

*가장 내면에 근접proximité intimissime*할 때 모든 것은 길이다.

자신이 쾌락을 느끼는 순간 '우리'라고 말하는 사람을 나는 늘 불신한다.

고독 없이, 시간의 시련 없이, 침묵에 대한 열정 없이, 온몸으로 흥분과 자제를 느껴본 적 없이, 두려움에 떨며 비틀거려본 적 없이, 보이지 않는 어두운 무엇 안에서 방황해본 적 없이, 동물성에 대한 기억 없이, 우울함 없이, 우울해서 외톨이가 된 느낌 없이 기쁨이란 없다.

*

킹킨나투스의 머리 속에는 오직 자신의 밭으로 돌아가려는 생각뿐이었던 것과 마찬가지로,

은자는 사막으로,

물고기는 물로,

독자는 책으로,

어둠은 구석으로 돌아가고 싶어한다.

# 제47장 에밀리

샬럿 브론테가 쓴 글이다. "에밀리는 가족 전체에서 가장 키가 큰 사람이었다. 언제나 창백하고 과묵했으며, 눈 색깔은 진회색 혹은 어두운 청색이었다. 그녀를 묘사하기란 쉽지 않은데, 정력적이고, 응축되고, 거침없고, 야성적이고, 소심하고, 단호하며, 열광적이고, 우울하고, 자존심이 강하고, 감정을 잘 드러내지 않는(피아노를 칠 때를 제외하고) 편이었다.

에밀리와 앤[1]은 말없이 늘 붙어 다니는 쌍둥이 자매 같았다.

몸과 그 그림자처럼 붙어 다녔다.

에밀리는 늪가, 올챙이, 개구리, 물냄새를 무척이나 좋아했다.

그녀는 또한 자신의 개 키퍼를 몹시 사랑해서 자주 그 개를 데리고 산보를 다녔다.

---

**1** 앤 브론테Anne Brontë(1820~1849): 영국의 시인, 소설가. 브론테 세 자매 중의 막내이다. 『애그니스 그레이』 등의 소설이 있는데, 두 언니의 작품에 비해 크게 주목받지 못했다.

호어스[2]에 장난감 병정들이 담긴 박스가 도착한 1824년, 그 해 여름 내내 병정들은 젊은 남자들이 되었고, 에밀리는 '심각한grave 눈빛의 쾌활한 남자'처럼 보이는 나무 병정 하나를 골라 자신의 주인공으로 삼았다.

이런 이유로 우리 네 사람[3] 모두가 그 병정을 그레비Gravey라는 이름으로 불렀다.

우리들 중에서 에밀리야말로 *심각한grave 여자*였다.

좀체로 말이 없었기 때문에 도무지 속을 짐작할 수 없었다. 하지만 에밀리는 퍽이나 정이 많았다. 나는 어느 점으로 보나 내 동생 같은 사람을 만나본 적이 한 번도 없다. 그 애는 남자보다 강하고 어린애보다 단순한 보기 드문 본성을 지녔다. 더욱이 음악에서 보여준 재능은 놀랄 만한 것이었다. 뛰어난 연주 솜씨를 지닌 것도, 위대한 음악가도 아니었지만, 터치, 스타일, 표현이 대단히 강렬했다.

그것은 혼신을 기울여 연주에 열중하는 거장의 터치, 스타일, 표현이었다.

에밀리는 고통을 마다하지 않고 잘 견뎌냈지만, 갖가지 병에 시달려야 했다. 결국 자신의 책이 출간되고 1년쯤 지나자 삶의 의지를 상실하고 말았다.[4] 그러자 죽은 다음에 남게 될 자신의 혼

---

**2** 영국 요크셔 주 서쪽의 작은 마을. 아버지가 이곳의 목사로 임명되어 브론테 자매들은 어린 시절부터 대부분 이곳에서 지냈다. 원서의 Hathord는 Haworth의 오기(誤記)로 보인다.

**3** 브론테 세 자매와 유일한 남자 형제 패트릭 브랜월Patrick Branwell을 말한다. 패트릭 역시 글과 그림에 재능이 많고 고전 지식에도 해박했지만, 정서불안과 의지박약으로 인해 알코올과 마약 중독에 빠져 일생을 보냈다.

적을 모조리 없애버렸다. 그런 다음 서둘러 우리들 곁을 떠났다. 에밀리는 거실의 긴 소파에서 죽었다."

**4** 언니 샬럿의 『제인 에어』(1847)가 큰 성공을 거둔 데 반해 그녀의 소설 『폭풍의 언덕』 (1847)은 출간 당시 너무 야만적이고 동물적이며 구성이 허술하다는 혹평을 받았다. 그녀 는 1848년 12월에 결핵으로 숨졌다.

# 제48장  역사

기원전 212년 진시황의 치하에서 제국 내의 모든 학자가 생매장되었다.

96년 도미티아누스[1] 황제는 제국의 철학자들과 철학 교수들, 즉 짧은 튜닉을 걸친 사람들[2]을 모두 추방했다.

짧은 튜닉과 사상은 제국의 계단을 내려가 브르타뉴로, 페르시아로, 차탈휘위크[3]로, 팔미라[4]로 갔다.

다마스키오스[5]는 바그다드에서 팔레비어[6]를 배운다.

---

**1** 도미티아누스Caesar Domitianus Augustus(51~96): 로마의 황제(81~96년 재위). 그의 치세 말년(93~96)은 사상 유례없는 공포 정치의 시기로 여겨진다.
**2** 당시 로마의 철학자들은 긴 토가(로마의 성인들이 입는 옷)가 아닌 짧은 튜닉을 입었다.
**3** 터키 중남부 코니아 근처에 있는 신석기 유적지이다.
**4** 고대 시리아의 도시. 지금의 시리아 힘스 주에 있다. 팔미라라는 이름은 타드무르, 타드모르, 투드무르의 그리스어 · 라틴어 형태이다.
**5** 다마스키오스Damaskios(480경~550경): 그리스의 신플라톤주의 철학자. 529년 아카데메이아가 폐쇄되자 6명의 동료들과 함께 페르시아로 가서 호스로우 1세의 신하로 봉직하다가 533년 아테네로 돌아왔다.
**6** 페르시아 왕조 중기의 언어.

# 제49장

프랑크의 왕 클로비스는 아키텐[1] 전투에서 돌아오자 마침내 파리에 정착해서 그곳을 왕국의 수도로 삼았다.

그는 파리에서 죽었다.

그는 이곳의 시골 분위기를 좋아했다. 이곳을 거주지로 삼았던 율리아누스 황제[2]의 선택, 이곳에 대한 황제의 묘사와 사람들의 이야기를 마음에 들어했으며, 아름다운 강과 그 흐름이 만들어낸 메로빙거[3] 왕조 특유의 꾸불꾸불한 곡선을 좋아했다.

꾸불꾸불한 센 강의 굽이들을 보면 프랑크 왕들의 고리처럼 도르르 말린 곱슬머리를 저절로 떠올리게 된다. 왜냐하면 당시 조각가들이 신의 아들을 곱슬머리로 만들었기 때문이다.

---

1 프랑스의 남서부 지방. 중심지는 보르도이다.
2 율리아누스Flavius Claudius Julianus(331/332~363): 로마의 황제(361~363년 재위).
3 전통적으로 최초의 프랑스 왕조로 여겨지는 프랑크 왕조(476~750)를 말한다.

*

클로비스가 좋아했던 것들의 목록은 다음과 같다.

숲,

주변의 포도밭,

비옥한 밭,

하늘의 부드러운 빛,

극도로 희미한 빛을 지닌 것 모두.


*


그는 콘스탄티우스 1세[4]의 옛 궁정에서 살았다. 궁정은, 로마 시대에 축조된 제방을 따라 오를레앙으로 흘러가는 강 왼쪽 기슭에, 루테티아[5]가 마주 보이는 곳에 있었다.

궁정의 거대한 정원의 오른쪽 끝에는 산, 비에브르 강,[6] 로마인들의 공중목욕탕이, 서쪽 끝에는 생제르맹 마을과 디아나[7] 신전이 있었다.

---

**4** 콘스탄티우스 1세Constantius I Chlorus(?~306): 콘스탄티누스 대제의 아버지인 로마 황제. 클로루스Chlorus는 '창백한 자'라는 의미이다.
**5** 시테 섬의 옛 이름. B.C. 3세기 말 센 강의 가장 큰 섬에 갈리아 부족이 취락을 이루고 있었다. 파리의 전신인 이 취락의 이름이 루테티아(Lutetia Parisiorum, 즉 '강 중류의 거주지'라는 의미)였다.
**6** 센 강의 지류.
**7** 로마 신화에 나오는 들짐승과 사냥의 여신. 그리스의 아르테미스와 동격의 여신이다.

정원에는 카룰로젠[8]과 동시대의 나무들이 있었다.

클로비스의 재위 기간 중 기억할 만한 두 시기는, 그가 무화과나무를 심었던 때와 편도나무를 심었던 때이다.[9]

그는 여전히 세일리족[10]의 도끼를 지니고 다녔으며, 힘의 원천인 곱슬머리를 잘 간수했다.

그는 자신의 족보에 로마인의 이름이 섞여들지 못하도록 금지령을 내렸다.

486년에 그가 참수했던 로마인들의 마지막 왕에 대해서는 자신의 면전에서 언급조차 금했다. 그는 45세에 죽었다. 시신은 511년 11월 1일 사다리꼴 형태의 석관에 안치되었다.

*

나는 우주에는 인간의 지배를 벗어난 중개 지역이 있으리라 믿는 프랑크족의 불가침권[11]에 대한 견해를 찬양한다. 이런 장소에 들어서면 개인의 복수도 국가의 복수도 금지된다. 이 자연의 장소에서는 인간의 지배만 배제된 것이 아니라 신의 지배마저도 통용되지 못한다.

---

**8** B.C. 52년 카이사르의 로마 군대와 싸워 루테티아를 방어했던 갈리아 족장의 이름.
**9** 무화과나무와 편도나무는 각각 클로비스의 두 가지 치적을 상징하는 것으로 보인다. 즉 가톨릭으로의 개종과 프랑크 살리족의 관습법을 『살리카 법전』으로 성문화한 업적이 그것이다.
**10** 세일리, 리푸아리, 헤센의 세 집단으로 나뉘어진 프랑크족을 투르네의 세일리 족장이던 클로비스가 통일하였다.
**11** 교회 같은 성소가 가졌던 보호권을 가리킨다.

프랑크인들은 은신처, 마구간에 넣어둔 말, 부엌, 과묵한 책들의 지면 역시 이런 자유로운 장소라는 사실을 알지 못했다.

*

예술 작품들—이것은 드러내는 것들이다—처럼 적나라하게 드러난 음부(淫部)가 행사하는 매혹은 수천 년이 흘러간 지금 더 이상 존재하지 않는 그 무엇에 대한 향수를 다시 떠오르게 하는 데 있다.

그 무엇이란 우리 모두가 나온 곳이지만, 격리, 요지부동의 차이, 나이, 세월, 죽음, 굳어진 언어 속으로 사라져버린 탓에 아무도 다시는 접근할 수 없는 신비한 섬[12]의 성적 기관들, 늘어뜨린 장식 같은 페니스나 음순들, 그 나머지 부위이다.

잉태와 똑같은 예술, 분만과 똑같은 예술은 성(性)과 마찬가지로, 열정과 마찬가지로 과거와 관련된다. 이것이 공손룡[13]의 역설이다. 어떤 것을 보여줌으로써 그것을 가리키는 손가락은 사라질 뿐만 아니라, 어린애가 그것을 지시하는 이름을 처음으로 입속에서 더듬거릴 때 이미 손가락은 나타나지 않는다.

[12] 남성 혹은 여성의 성기에 대한 은유인 동시에 토머스 모어Thomas More(1477~1535, 영국의 인문주의자, 정치가, 대법관)의 『유토피아』(1516)에 나오는 행복의 이미지인 유토피아 섬에 대한 암시이다. 유토피아는 그리스어 'ou'와 'topos'의 합성어로서 '아무 데도 없는 곳'을 뜻하면서 '좋은 곳'이란 뜻의 'eu-topos'와 동음이의어이기도 하다.
[13] 공손룡(公孫龍, B.C. 320?~B.C. 250?): 중국 전국시대 조(趙)나라의 사상가. 구상(具象)의 실체와 추상(抽象)의 개념을 혼동해서는 안 된다고 주장했다. 「견백동이(堅白同異)의 변(變)」이나 「백마비마론(白馬非馬論)」으로 유명하다. 즉 백마가 말이 아니라는 것은 백마의 개념과 말의 개념이 동일하지 않다는 것이다.

예술 작품은 모두가 이 기원의 언어, 즉 과거가 된 세계이다.

작품의 보호는 과거의 보호, 성적 쾌락의 보호, 문자 언어의 보호, 예술의 보호와 별개가 아니다.

*

예술은 시간의 어떤 명령에도 따르지 않는다. 시간 그 자체처럼 방향성도 지니지 않는다.

진보도, 자산(資産)도, 영원도, 장소도, 중심도, 수도(首都)도, 전선(戰線)도 없다.

시간이 범람할 때 드러나는 시간의 모래땅.

자유로운 지역이라기보다는 초월된 지역.

계속해서 해방된 지역. 늘어나는 땅에서, 밀물이 그렇게 하듯, 끊임없이 해방시켜야 할 모래땅.

*

초월된 지역은 제2차 세계 대전 말의 초월된 지역이던 PX와는 정반대이다.

1945년 여름 동안 베를린에 있던 작은 매점인 PX.

도쿄의 PX.

그후 1950년대 말 미국 점령군들의 백화점 규모의 PX.

*P*와 *X*는 면세점을 의미하는 단어 *Post Exchange*의 머리글자

(머리글자에 가까운)라고 했다. 그곳에서 점령군의 병사들은 추잉껌,

　　담배,

　　달콤한 과자,

　　막대사탕을 살 수 있었다.

　　이 백화점들은 녹슨 기지(基地), 폭파된 비행장, 울퉁불퉁한 테니스장, 슬로 댄스, 인종 차별주의, 묘지, 텔레비전, 익히지 않은 꽃양배추, 달러, 증오와 마찬가지로 점령군들을 따라다녔다.


＊


　　초월된 지역 혹은 *자유로운 피난처liber asylum*.

　　312년 밀비우스 다리에서 전투가 벌어질 때 콘스탄티누스 대제[14]가 기독교로 개종한 데 관해 다음과 같은 두 가지 이야기가 전해지고 있다.

　　하나는 황제가 토*tau*[15]라는 글자와 거의 비슷한 한 글자, 즉 태양 속에 새겨진 십자가를 알아본다는 이야기이다(에우세비오스[16]의 기록).

　　다른 하나는 황제가 꿈속에서 두 글자를 본다는 이야기다.

---

**14** 콘스탄티누스 1세Constantinus I(274?~337): 기독교를 공인하고 개종한 최초의 로마 황제이다.
**15** 그리스 문자 T의 이름. 라틴어로는 십자표를 의미하기도 한다.
**16** 에우세비오스Eusebios(265~340): 팔레스타인 카이사레아의 주교. 기독교 최초의 교회사가이다. 저서로는 중요한 사료인 『교회사』와 『연대기』, 그리고 황제를 신의 지배가 지상에 모사된 것이라고 한 『콘스탄티누스전』 등이 있다.

이 두번째 진술에서 황제는 꿈에 본 대로 로마군 수장(首將)에게 명령을 내려 병사들의 방패에 글자 *키chi*[17]와 *요타iota*[18]를 교차시켜 표시하도록 한다. 그렇게 되면 군대는 그리스도의 머리글자 chi에서 자신의 *검iota*을 빼어들게 되어 승리할 것이다(락탄티우스[19]의 기록).

콘스탄티누스 대제에게서 비롯된 변화는 단순하다. 그는 방패와 깃발에서 이미지를 없애기로 결정했다.

이미지를 문자로 대체하기.

신들(맹수들, 그리고 맹수를 굴복시키는 영웅의 형상들)이 문자로 바뀐다.

312년에 인류는 서양 역사상 처음으로, 밀비우스 다리 맞은편의 로슈루주 평원에서 자발적으로 이미지를 버리고 자신의 삶뿐만 아니라 자신의 꿈 전부를 *문자들litterae*에 바쳤다.

즉 문학에 바쳤다.

문자에 관한 이 에피소드는 4세기의 열두번째 해부터 20세기의 열네번째 해까지 지속되었다. 그런 다음 이미지가 다시 반짝거렸고, 다시 매혹했고, 인간 두개골의 공동(空洞) 속에서 그 최면의 위력을 다시 획득했다.

---

**17** 그리스 문자 X의 이름.
**18** 그리스 문자 I의 이름.
**19** 락탄티우스Lucius Caecilius Lactantius(260~325): 기독교 신학자. 313년 밀라노 칙령으로 기독교가 공인될 무렵 콘스탄티누스 황제가 거처할 궁전을 짓는 트리어로 가서 수년 간 궁정신학자로서 황제의 종교 정책에 관여했다.

*

고독, 운, 고분거리지 않음, 죽음의 위험, 심신의 정화, 통찰력, 침묵, 상실된 것, 나체, 은둔*anachorèsis*, 탈선*excessus*, 증여, 무매개성, 불안, 흥분, 이런 것들은 순수한 가치이다.

순수한 모든 가치는 은밀하다.

눈가리개를 쓰느니 장님의 결함을 택하기.

Franc[20]은 비사회적이라는 의미이다.

*

그레고리우스 주교는 『프랑크사』의 서두를 다음과 같이 시작했다. "문학적 소양이 자유로운 갈리아인들의 도시에서 쇠퇴 일로에, 아니 사라지고 있는 중이어서 이를 한탄하는 대부분의 사람들은 이렇게 말하며 울부짖었다……(*Decedente, atque immo potius pereunte ab urbibus gallicanis liberalium cultura litterarum……*)" "문학에의 열정이 우리들 사이에서 사라졌으며, 대중들에게서도 찾아볼 수 없으니 우리 시대에 화 있으라. 책의 지면에 현재 일어나는 일들*gesta praesentia*을 기록할 사람이

---

20 키냐르는 이 단어를 이중의 의미로 쓰고 있다. '프랑크족의'라는 뜻과 '자유로운, 순수한, 초월한' 등의 뜻이 있다. '지역'의 경우 '초월된'으로, '가치'의 경우 '순수한'으로 번역하였다.

더 이상 없는 이 세상에 화 있으라!(*Vae diebus nostris, quia periit studium litterarum a nobis, nec reperitur in populis, qui gesta praesentia promulgare possit in paginis!*)"

*

쿠프랭은 1733년에 죽었다.

1731년에 쿠프랭은 다음과 같은 유언장을 작성했다. "나보다 더 다양한 장르로 작곡을 한 이는 아무도 없는 만큼, 만일 삶이 끝난 후에도 그리움이 어떤 쓸모가 있다면, 내 미발표 악보들 속에서 가족들이 나를 그리워할 뭔가를 찾아낼 수 있었으면 한다. 헌데 적어도 이런 생각이 있을 때라야 거의 누구나 바라마지 않는 꿈 같은 불후의 명성에 합당하려는 노력을 기울이게 된다."

그에게는 스스로 회의주의자임을 인정할 정도로 거의 신앙심이 없었다. 심지어 스테판 말라르메의 충격적인 유언장에도 이런 통찰력은 나타나지 않는다.

누구에게나 멸시를 당했던 프랑수아 쿠프랭은, 마지막 제자들마저 떠나버리자, 해질 무렵에 포도주를 조금씩 마시곤 했다. 그는 흰색 안락의자에 앉아 자신만을 상대로 이렇게 읊조렸다.

"옛날에 난, 수아송인가 벨뢰인가 이젠 지명조차 생각나지 않는 어떤 전투에서 싸웠지. 난 그림자들에게 그림자의 몫을 요구했어. 난 프랑크족에 맞서 최선을 다해 싸웠지. 그리고 「흰옷의 병사들」과 「떠도는 그림자들」이라는 곡을 작곡했어."

# 제50장

시간의 모래땅은 이 세상 어딘가에 있을 것이다.

옛날과 죽음 사이에 있다.

오에[1]는 나루미(成美)에게 보내는 편지에 이렇게 썼다.

"조수(潮水)가 드러낸

실낱 같은 모래땅 길을

나는 서둘러 달려가오."

---

**1** 오에 겐자부로(大江健三郎, 1935~ ): 일본의 소설가. 1994년 소설 『만연원년의 풋볼(万延元年のフットボ-ル)』로 노벨 문학상을 수상했다.

# 제51장 꽃 속으로 흘러드는 강물에 대하여

꽃들은 그 해밖에는 살지 못한다. 인간의 몸으로 올라온 수액은 사계절을 거친다. 과거가 계절들을 상류에서 하류로 옮겨주기 때문이다. 꽃들에게는 과거가 없으므로 계절조차 없다. 꽃들의 수액은 지금의 그 수액일 뿐이다. 꽃들은 현재 진행 중인 옛날에서 수액을 길어 올린다.

식물과 인간의 몸 속으로 올라와 성장을 부추기고 심장을 박동시키는 수액은 시간과 관련된 시간이다.

최초인 시간, *Primum Tempus*, 첫번째인 시간, 마지막인 시간, 우울한 시간, 소멸하는 것인 시간, 이런 시간은 인간 사회에만 존재한다.

옛날, 충동, 본능적 몸짓, 땅파기, 뛰어오르기, 날기, 동물들은 옛날을 인식하지 않으면서도 존재한다.

모든 동물의 얼굴에는 나이를 먹은 무언가가 있다. 옛날의 기색.

봄이라는 시기는 인간이 고안해낸 것이다.

청춘 남녀에게 아름다움으로 발현되는 봄, 그것은 인간이 만들어낸 것이다.

*

우리는 바다에서 유래하는 것과 마찬가지로 물에서도 유래한다. 원래 우리는 박테리아의 후손이다. 그후에는 원숭이의 후손이다.

박테리아와 원숭이 사이에 물고기가 있었다. 잉어는 우리보다 네 배나 더 오래 산다.

우리의 손가락 끝에는 비늘이 약간 남아 있다.

우리는 또한 별들과 태양에서 파생된 존재이다.

모든 사람들과 산들, 모든 꽃들, 모든 물고기들, 모든 잉어들, 모든 도시들, 모든 악기들, 모든 원숭이들, 모든 책들, 우리의 이 모든 얼굴들이 태양의 둘레를 돌고 있다.

*

무아지경에서—언어와 문명의 흔적마저 없는—가장 먼 옛날을 향해 영원히 열려 있는 내 마음, 그 깊은 곳에 자리한 과거 지향적 편집증은 어디서 비롯된 것일까?

가장 먼 옛날로 통하는 문의 빗장이 풀렸기 때문일까? 순수

인식을 위해서일까? 시간과 동시에 언어를 알게 되고, 상실하는 것의 의미를 망각하는 이 관심사에 몰두했기 때문일까?

과거의 냄새와 옛날의 반짝임, 싫증나기는커녕 이 세상 어디서나 나를 사로잡는 이런 것들에 대한 취향은 어디서 연유하는 것일까?

*

과거는 이 세계라는 형태를 *취하고* 있는 기묘한 확장에서 흘러나온다.

삶은 가장 보잘것없는 편린, 가장 사소한 균열의 원기 왕성한 증식이다.

나는 눈을 들어 바라보았다.

하늘은 생명체가 아니지만, 하늘을 바라보는 것, 그것은 모든 생명체가 바로 자신의 유일한 조상을 바라보는 일이다.

*

화석이 된 사랑의 광휘,

우리 내부에 내재된 인류보다 앞선, 포유동물들이 짝을 짓고 번식하는 방식의 광휘.

화석이 된 정액의 광휘,

모유의 광휘,

바다가 끝나는 곳의 거무스름한 제방에 부딪혀 부서지는 파도의 광휘,

이런 것들이 인간의 마음을 자극하고 끌어당기는 것들 중에서 가장 감동적이다.

*

사람들은 강물의 흐름에 대해 말한다. 흐름에 실려가는 것은 무엇일까? 그것은 솟구치기 직전의 원천이리라. 사라진 것이리라. 사라진 것은 도래하는 생멸(生滅)의 시기에 돌아온다. 현재 présent라는 단어보다 이행(移行)passant이라는 더 확실한 단어를 선택할 필요가 있다. 현재는 이행 중인 시간이다. 하지만 그 사실을 나는 믿지 않는다. 시간의 이행이 시간의 원천이 아닐까 하는 의구심이 든다. 시간의 이행에서 과거는 에너지(핵, 몰려나오는 시간의 한가운데 난 시커먼 구멍, 시간의 유출이 발생하는 곳)가 될 수 있으리라. 흐름이라는 단어가 강물 전부를 합친 것보다 더 깊은 어떤 것을 가리키는 것과 마찬가지이다.

재용출(再湧出)[1]은 지하수 층에 관련된다. 더 먼 과거와 관련된 것이 지하 내부의 용암을 분출시킨다.

얼었던 물은 녹으면서 얼음이 차지했던 절벽 안쪽의 자리를 동굴에게, 곰에게, 독수리에게, 인간에게 내어준다. 그들은 제각기 털을, 깃털을, 관습을 두르고 그 자리를 대신 차지한다.

1 지하를 흐르던 하천이 지상으로 다시 솟아나는 것을 말한다.

인간에게는 시간의 이행이 이루어지기 위해 과거가 필요하다.

이런 밤에는 새벽빛이 필요하다. 이런 뒤얽힘에는 박해자가 필요하다. 이런 기다림에는 영웅이 필요하다. 이 세계를 이끌려면 '오고 있는—사라진—봄'이 필요하다. 이 밤의 침울함을 가시게 하려면 하늘의 수레가 필요하다. 동일한 하나의 질문이 태곳적의 동일한 하나의 답을 튀어나오게 만든다. 그것이 신화다. 과거는 한 무더기의 답들, 즉 홍수이다.

과거, 그것은 쌓여가는 답이다.

시간, 그것은 솟구쳐 나오는 질문이다.

나는 지구를 도는 순례의 길을 떠났다. 과거의 퇴적을 보기 위해서가 아니라, 옛날의 기호(記號)들을 보기 위해서였다.

우리는 시시한 수수께끼들이다. 수수께끼란 그것을 민들어낸 답을 묻는 질문이다. 수수께끼를 만들어낸 답이 과거이다. 수수께끼를 푸는 사람은 답이 언제나 과거라는 사실을 알고 있다.

*

고대 독일어로 수수께끼를 *tunkal*이라 하는데, 나는 이 단어를 암흑 상태의 무엇, 압박감을 주는 무엇, 정신을 암흑 속에 밀어넣고 절망적 탐색을 하게 만드는 무엇으로 번역하려고 한다. 이 탐색은 선행된 답—우리의 삶 이전에 나온—이 있는 만큼 더욱, 자신은 생존자여서 답을 찾아 어디로 가야 할지 알지 못하는 만큼 더욱 모욕적이다.

수수께끼는 생존자들의 삶에 선행된 장면에 대해서만 말을 한다.

동물들이 서로 껴안고 있는 장면을 억압한다.

보지 못하게 막음으로써 그 장면을 더 매력적이게 만든다.

이렇게 모순되고, 비틀리고, 잘못되고, 터무니없는 방식으로 제기되는 질문인 수수께끼에서는 모든 것이 탐색을 따돌리며 대상을 보지 못하게 만든다.

머리(의식) 속에 있는 언어의 메아리가 수수께끼의 진실을 믿도록 강요할 수 있을지 모른다. 하지만 좋은 질문이란 그저 꾸며낸 이야기에 불과할 수도 있다. 인간의 이야기 모두가 신화일 수 있다. 자신의 삶에서 일어나는 사건들과 아무 관련도 없는 신화이지만, 그 서술의 가능성만은 우리의 삶을 살 만한 것으로 만들어준다. 이름이 없는 사람에게는 이름이 필요한 법이니까.

모든 삶은 하나같이 거짓이다.

그렇기 때문에 서술은 생기 있고, 혹은 생명 유지에 필수적이고, 혹은 생기를 불어넣고, 혹은 생기를 회복시켜준다.

소설가들이란 온갖 서술이 만들어내는 이런 오류와 이런 허구에서 발생하는 기묘한 생명력을 알고 있는 유일한 사람들—서술의 방황에 열중하여 시간을 보내고 있기 때문에—일 것이다. 그들은, 그만큼의 소설이 있을 수 있으며 그 상류에는 어떤 진실도 없다는 사실을 알고 있다. 그만큼의 질문이 있을 수 있으며, 어떤 수수께끼도 진행 중인 각각의 드라마 뒤편에서 진짜로 제기된 적은 없었다는 사실도 알고 있다. 그런 이유로 사람들은 시험과 콩쿠르와 통과 의례와 선거를 치르기를 그렇게 좋아하며, 그렇게 많은 운동 경기를 하고, 야릇한 소설들을 그렇게 많이 읽으며, 이해할 수 없는 일이지만 '가로 세로 말맞추기' 놀이를 그렇게도 즐기는 것이다. 자신들의 질문에 선행된 답이 있다고 믿고 싶어하는 바로 그곳에는 오직 태어나는 유폐류(有肺類)의 울음 소리, 보이지 않는 장면, 목적이 결여된 육체의 탐색, 성(性)의 우연성만이 있다. 그들은 원래 암호가 있었으며, 자신들의 시대에는 해독의 어떤 지침이나 약속이 있다고 믿고 싶어한다.

제각기 녹이 슬어 삐걱대기만 할 뿐 열리지 않는 자물쇠가 되어버린 사람들 모두가 자물쇠에 맞는 열쇠가 있다고 믿고 싶어한다. 패스워드가 있어서 집단 속에 편입될 수 있으며, 그러므로 희생양이 되어 죽는 것은 피할 수 있다고 믿고 싶어한다. 묶여 있는 사냥개들의 소란스러움, 가축들의 울음 소리, 결속된 구성원들 간의 은밀한 희열과 더불어 그곳에서는 끊임없이 제물이 마련된다. 피스톤이 있으므로 단두대와 분묘에 불과한 사회의 기계를 작동시킬 수 있다고 믿고 싶어한다. 황도대(黃道帶)의 짐승 별자리가 영향을 미친다고, 어둠을 빛이 되게 하는 신이 존재한다고, 밤에 암호를 써넣는 자가 있으며, 인간의 카오스를 명령하는 목소리가 있다고, 그때 누군가는 죽음 속으로 사라진다고 믿고 싶어한다.

# 제52장

시력이 회복된 장님처럼, 다시 듣게 된 귀머거리처럼, 유배지를 벗어난 포로처럼, 그들은 돌아오고, 도착하고, 바라본다. 하지만 왕국을 알아보는 경우는 드물다. 사람은 자신의 당대를 떠나 시간 속에 도달한다. 자신의 나라를 떠나 경관 속에 도달한다. 자신의 성(姓)을 떠나 욕망의 준(準)동물성에, 그리고 출현하는 언어의 반(半)인간성에 도달한다. 나는 점점 자부심을 잃으면서 점점 더 멀어져갔다.

멀어지는 자, 멀어진 자, 덧없는 자, 그는 분리된 자이다.

*

사라진 자는 다른 곳을 규정한다. (다른 곳으로 *In aliore loco.*)

*

초연한 자는 거의 자유롭다.

*

마르크 앙투안 샤르팡티에[1] 씨는 열네 살 때 미술을 공부하
러 로마로 떠났다가 음악가가 되어 돌아왔다.
그는 당시 카리시미[2]가 작곡한 곡들을 듣고 머리가 이상해
졌다.
화창한 어느 날 아침, 그는 보이는 것을 포기했다.
화가들의 북쪽으로 난 작업실 유리창을 단념했다.

*

그는 덧창을 닫고, 걸쇠를 잡아당겨 잠근 다음 어둠 속에 앉
았다. 그리고 덧창과 하프시코드 사이에서 이렇게 말했다.
"보기 위해 눈꺼풀을 들어올려 눈을 크게 벌리던 일조차 이

---

**1** 샤르팡티에Marc Antoine Charpentier(1643~1704): 프랑스의 오라토리오 작곡가. 이탈
리아에서 회화를 공부하다가, 나중에 자코모 카리시미 밑에서 작곡을 공부했다. 몰리에르
와 코르네유의 희곡에 곡을 붙인 작품들을 발표했으며, 프랑스의 오라토리오를 확립했다.
**2** 카리시미Giacomo Carissimi(1605~1674): 17세기 이탈리아의 대작곡가. 특히 오라토리
오와 세속 칸타타의 작곡으로 유명하다.

미 기억나지 않는다. 젊은 여자들을 감싸고 있는 옷과 여자들 주변 공간으로 퍼지던 그 기막힌 냄새도 잊었다. 멀리서 출항을 준비하는 갤리선, 매우 작게 보이는 노들과 선원들 위로 쏟아지던 눈부신 햇살도 잊었다. 나는 내가 끄는 촛불들을 위한 테네브레[3] 독본을 작곡한다. 죽어가는 신들의 원망 소리인 환청이 들린다.

3 프랑스어 ténèbres는 암흑을 뜻한다. 부활절 전주의 목, 금, 토요일의 조과(朝課)와 찬송과(讚頌課)를 의미하기도 하는데, 그 끝무렵에 등불을 끈다.

# 제53장  또 하나의 왕국

1602년 브르타뉴 지방 모르비앙[1]의 한 어부 영감은 어선을 다섯 척 소유하고 있었다. 3년 전 상처하여 홀아비가 된 그는 아내에 대한 지극한 사랑 때문에 재혼을 하지 않았다. 그의 집은 해안 절벽의 경사면에 있었다. 해안에는 온통 시커먼 바위들뿐이었다. 집으로 올라가는 비탈길은 가파랐고, 집은 비좁았으며, 방들은 어두웠다. 그는 죽을 먹고 있었다.

문밖으로 아내가 지나가는 모습이 보인다. 그는 죽 사발을 내려놓고, 바다에서 수직으로 솟아 있는 비탈길을 뛰어서 내려간다.

그녀는 금빛 단추가 달린 노란 치마에 하얀 아마 천으로 만든 V자형 목선의 블라우스를 받쳐 입고 있다.

"당신은 3년 전에 죽었지 않아?" 그가 큰 소리로 묻는다.

아내는 아래위로 고개를 끄덕이며 그렇다고 시인한다. 그녀 옆에 마을의 옛 성가대원이 서 있다.

1 브르타뉴 서부의 일부 지역. 모르비앙이란 브르통어로 '작은 바다'를 의미한다.

성가대원은 아내보다 훨씬 더 젊다.

사실은 그가 아내보다 9년 먼저 죽었다.

젊은 남자는 뒤쪽으로 물러나 있다. 그 역시 노란 아마 옷을 입었고, 심각해 보이며, 꿈을 꾸는 듯하다.

그 홀아비가 죽은 아내에게 말을 하는 동안 성가대원은 바위에 걸터앉는다. 그는 끝에 쇠를 씌운 큰 지팡이를 두 손으로 꽉 쥐고 있다.

스코르프[2] 쪽에서 한 나그네가 오더니 그들을 앞지른다.

그들을 추월하는 순간 영어로 인사말을 건넨다.

성가대원도 똑같이 영어로 답례를 보낸다.

성가대원과 어부 영감의 아내는 둘 다 죽은 사람이 입는 아마 천 수의를 입고 있다.

두 사람은 양볼이 움푹 파이고 핏기가 없는데도 무척이나 아름답다.

성가대원과 나그네가 인사를 나누는 틈을 타서 어부 영감이 아내에게 묻는다.

"이 남자 이후에 당신이 사랑했던 사람들은 진실한 사랑이 아니었던 거요?"

"네."

"당신은 날 사랑하지 않았소?"

"네."

"살아 있는 사람보다 죽은 사람을 줄곧 더 사랑했다 그 말이

---

**2** 프랑스 브르타뉴 지방의 작은 강(70킬로미터). 로리앙에서 대서양에 합류한다.

오?"

"그래요."

"어째서?"

여자는 대답하지 않는다.

"내게 이유를 말해 줘." 어부가 고집을 부린다.

"싫어요."

여자는 싫다고 말하더니, 그에게 등을 돌리고, 가던 길을 가려고 비탈을 서둘러 내려간다.

놀랍게도 아내의 얼굴에서 빛이 났다.

성가대원도 지팡이에 의지해 일어선다.

어부 영감이 달리기 시작한다.

그러자 여자도 상체를 굽히고 양손으로 치마를 거머쥐더니 깎아지른 듯 가파른 비탈길을 뛰어 내려가기 시작한다.

어부 영감은 금작화를 움켜쥐고 튀어나온 바위 위로 뛰어내려 마침내 그녀를 앞지른다.

홀아비는 울부짖는다.

주먹을 내지른다. 눈물도 흘러내린다.

그는 죽은 아내가 지나가지 못하게 막는다.

바다 위로 솟은 벼랑길은 너무 좁아서 죽은 여인이 떨어지면 다치거나, 적어도 수의를 망가뜨리게 될 것이다.

아내는 옛 남편 앞에서 꼼짝도 하지 않는다.

어부는 마지막으로 아내에게 간청한다.

"저 남자만큼 나를 사랑하지 않았던 이유를 설명해주면, 내

당신을 보내주리다."

여자는 어부를 뚫어지게 쳐다본다.

그리고 어깨를 으쓱한다.

먼 바다를 향해 눈길을 돌린다.

잠시 후, 다시 시선을 돌려 남편을 오랫동안 바라본다. 여자의 표정에는 멸시도, 그렇다고 애정도 나타나 있지 않다.

여전히 눈을 내리깐 채 아무 말도 하지 않는다.

그가 아주 나직하게 이렇게 말한다.

"말해봐, 여보, 어째서 이젠 날 사랑하지 않는지를 말이야."

그때 아름다운 아내의 얼굴은 그의 왼편에 있다. 그에게는 아내의 옆얼굴만 보일 뿐, 움직이는 입술은 보이지 않는다. 하지만 그녀의 나지막한 목소리는 들린다.

"당신 품에 안겨 행복했을 때조차 죽은 그이와 함께 있을 때가, 비록 잠시라도, 생각에서뿐일지라도, 남몰래 입 속으로 끊임없이 그 사람 이름을 중얼거릴망정, 내겐 더 큰 기쁨이었어요."

"아!" 하고 탄식하며 그는 땅바닥에 주저앉았다.

그들이 지나갔다.

그들은 벼랑길을 내려갔다.

모래사장과 썰물로 드러난 모래땅에 들어섰다. 두 사람은 파도가 밀려오는 바닷가에서 서로의 손을 잡았다.

그리고 해초 위로 걸어 내려가 바닷속으로 들어갔다.

어부는 해초와 수면 위로 그들의 노란색 수의자락이 흔들리는 것을 보았다.

그는 질투심에 사로잡혔다.

둘 다 죽은 사람들이었지만, 어부는 죽은 자들의 행복에 질투를 느꼈다.

그는 비참한 마음으로 집에 돌아왔다.

어부 영감은 계속해서 고통을 겪었다. 아내가 유령이 되었기 때문이 아니라 자신과 만나기 전에 몸을 허락했던 한 남자를 다른 세상에서 더 사랑했기 때문이다. 그는 이렇게 말했다.

"어느 누구도 죽은 사람이 진정으로 사랑했던 대상이 누구였는지 알게 되지 않기를 바라오."

이따금 그는 이런 말을 하고 나서, 자신의 말을 듣고 있는 이들에게 위협적인 표정으로 이렇게 덧붙이곤 했다.

"당신들 중 어느 누구도 함께 사는 사람이 정말로 사랑하는 자가 누구인지 알게 되지 말았으면 하오."

그의 고통은 4월까지 6개월 동안이나 계속되었다고 한다.

내가 이 이상한 왕국을 떠올리는 이유는 『마지막 왕국』[3]의 책들, 황야들, 하얀 파도들, 노란 금작화들, 낭떠러지들을 드러내기 위해서다.

해초 쪼가리, 조가비 조각, 균열이 생긴 작은 배들, 모래톱의 물결 흔적, 볼 수 없는 장면의 단편들을 드러내기 위해서다.

4월 23일, 마침내 홀아비의 눈에서는 눈물이 흐르기 시작했다. 다시 음식은 먹었지만 잠은 자지 않으려고 했다. 꿈에 아내가 나타날까 봐 두려웠기 때문이다. 잠든 사이 자신도 모르게

3 『떠도는 그림자들』은 키냐르가 기획하고 있는 『마지막 왕국』의 제1권에 해당한다.

그녀에게 욕망을 느끼게 될까 봐 두려웠다. 몸무게가 41킬로그
램이나 줄었다.



램이나 줄었다.

# 제54장

프랑스에 속했던 예루살렘 왕국[1]이 있었다.

그 왕국의 수명은 사람의 한평생보다 짧았다.

1203년에는 존재하지도 않았다.

1262년에는 이미 그 수명이 다했다.

아시아로 가는 길에 서로 엇갈리면서 기사들은 이야기들을

[1] 1099년 7월 제1차 십자군의 예루살렘 점령 직후 유럽인들은 예루살렘을 중심으로 시리아와 팔레스타인 지역에 예루살렘 왕국을 세웠다. 초대 군주는 프랑스인 십자군 사령관 고드프루아 드 부용이었다. 그러나 정작 그는 '예루살렘의 왕'이라는 칭호를 좋아하지 않았다. 왕국은 1187년 이슬람교도들의 수중으로 넘어갔고, 제3차 십자군 전쟁(12세기 말)으로 어느 정도 영토를 탈환했으나 새로운 원정대의 노력에도 불구하고 13세기 전 기간에 걸쳐 서서히 영토를 잃다가 1291년 멸망하였다.
그런데 지금 키냐르는 실제로는 종이 위에서만 존재했던 한 국가에 대해 말하고 있다. 1203년은 아모리 드 뤼지냥이 '예루살렘의 왕'이란 칭호를 공식적으로 사용하기 시작한 해이다. 하지만 당시 프랑스 기사들이 점령했던 영토는 예루살렘의 북서쪽, 즉 현재의 리비아의 일부로 축소된 지역에 불과했으므로 이 칭호는 실재했던 예루살렘 왕국과는 거의 무관하다. 1262년은 그나마 예루살렘의 왕이라 지칭되던 뤼지냥 가의 영토이던 초르(현재 레바논 남부의 해안 도시 티레)를 빼앗긴 해로 보인다. 왕국이 멸망한 1291년 뤼지냥 왕가는 키프로스 섬으로 후퇴하여 15세기 말까지 여전히 예루살렘 왕이란 칭호를 사용하면서 섬을 지배했다.

찾으러 갔었다.[2]

2 독일의 황제들, 프랑스 로렌 지방의 귀족들, 이탈리아의 키프로스 섬, 사르데냐 섬을 지
배하던 왕들은 수세기 동안(15세기까지) 여전히 '예루살렘의 왕'이란 칭호를 사용했다는
사실로 미루어 유럽인들의 예루살렘 왕국에 대한 향수를 짐작할 수 있다. 프랑스의 십자
군 기사들 역시 중동에서 자신들의 문화에 대한 이야깃거리들(환상과 전설들)을 찾아내
고자 했다.

# 제55장  소피우스의 최후

나는 로마인들의 마지막 왕의 *비서관notarius*이었던 소피우스의 최후에 대해 말하지 않았다. 사실 그의 최후에 관해 알려진 바는 없다. 그래서 내가 지어내보려고 한다. 수아송 전투가 있던 다음날, 시아그리우스가 클로비스와 라냐케르의 군대에게 패하고 달아나 툴루즈의 서고트족 궁정으로 갔을 때, 소피우스는 주군을 기다리며 충직하게 도서실을 지켰다. 저녁이면 작은 배를 타고 나가 아치형의 대리석 다리 밑을 지나 엔 강[1]을 떠돌다가, 밤이 이슥해지면 강을 거슬러 흰 대리석으로 된 성(城)으로 돌아왔다. 수아송의 주민들은, 클로비스가 시아그리우스의 머리를 밀어버린 다음 그를 처형했다는 소식을 들었을 때, 그리고 그가 "그림자들은 어디 있는가?"라는 수수께끼 같은 말을 남기고 숨을 거뒀다는 말을 들었을 때, 소피우스에게로 몰려갔지만 그는 아무 말도 하지 않았다.

1 프랑스 북부 피카르디 지방의 엔 주에 있는 강.

주민들은 물러갔다.

그는 기다렸다.

어느 날, 안면이 있는 학자 한 사람이 알라리크의 궁정에서 오는 것을 보았다. 소피우스는 그에게 도서실 창가의 긴 의자에 앉으라고 권한 뒤 포도주와 말린 돼지고기를 대접했다. 이번에는 그 학자가 시아그리우스가 죽을 때 했던 말들을 전했다.

학자는 그에게 그림자들umbrae이 무슨 뜻이냐고 물었다.

"그림자들이란, 바로 저것을 말하지요."

소피우스는 손가락으로 창문 너머를 가리키며 대답했다.

서쪽으로 키가 큰 떡갈나무 고목이 두 그루 보였다. 나무 그늘이 성의 안뜰을 가득 채우고 있었다.

여름날 저녁에 뜨거운 목욕탕에서 나온 로마인들의 왕이 느꼈던 쾌락은, 베르길리우스[2]가 목동들과 함께 그랬던 것처럼, 비서관과 또 다른 이들을 거느리고 떡갈나무 그늘에 앉아 쉬면서 차가운 적포도주를 마시거나 고대 시들을 암송하는 일이었다고 소피우스가 설명했다.

두 사람은 입을 다물었다. 그리고 창문 너머로 안뜰에 있는 두 그루의 떡갈나무와 헝겊으로 만든 공을 가지고 노는 아이들의 모습을 바라보았다. 소피우스 비서관이 말을 이었다.

"다 드신 다음, 함께 나가서 축축한 그늘을 좀 보시지 않겠습니까?"

---

**2** 베르길리우스Publius Vergilius Maro(B.C. 70~B.C. 19): 로마의 위대한 시인. 서사시 『아이네이스』의 저자.

툴루즈의 학자는 고개를 끄덕이고 포도주를 마셨다.

두 사람은 자리에서 일어나, 도서실을 나와 안뜰로 내려섰다. 그들은 은밀히 사적인 이야기를 나누었다.

"저녁 무렵의 산책보다 더 기분 좋은 일은 없지요. 둥근 하늘뿐만 아니라 머릿속도 더 혼미해지고, 장딴지는 둔해진답니다."

"난 돈이 없어요. 청동 화폐를 몇 닢 주실 수 있겠습니까?"

소피우스 비서관은 그렇게 하겠다고 말했다. 툴루즈의 학자는 *stips*라는 옛 단어를 사용했다. 그의 말은 이어졌다.

"난 트리어[3]로 갈 작정이에요. 당신도 여기를 떠나 저와 함께 가시는 게 좋을 듯싶군요."

"저도 그렇게 생각하고 있어요."

"클로도베쿠스 왕이 수아송을 수도로 삼으려고 점찍고 있으니 조만간 이리로 올 겁니다."

"그의 마음에서 이제 고대 신전은 사라졌어요. 지금은 신전보다 바실리카[4]를 선호하지요. 십자가를 좋아하고요."

"꽃병도요."

"네. 꽃병을 좋아한다고 하더군요. 세상은 변했어요."

두 사람은 떡갈나무 아래로 가서 그늘에서 자라난 이끼 위에 앉았다.

꿀벌들이 붕붕거리며 날아다녔다.

---

3 독일의 남서부 모젤 강 오른쪽에 있는 도시. 프랑스에서 50킬로미터 떨어진 곳에 위치해 있으며, 프랑스어로는 '트레브'라 불린다.
4 로마 가톨릭 교회와 그리스 정교회에서 교회법에 따라 특정 교회 건물들에 붙이는 명예로운 이름.

“우리를 성가시게 하고 뺨에 침을 쏘기도 하는 이 벌들은 대체 무슨 쓸모가 있을까요?” 하고 툴루즈의 학자가 느닷없이 물었다.

“꿀을 만들지요.” 소피우스 비서관이 대답했다.

“밑에서 꼭대기를 쳐다보면 정말로 현기증이 느껴지는 이렇게 큰 나무들은 무엇에 소용이 될까요?” 툴루즈의 학자가 물었다.

“그늘을 주지요.” 소피우스 비서관이 대답했다.

“이 나무들은 너무 커서 안뜰을 위협할 지경이군요. 헌데, 이 나무들을 베어버리자니 안뜰의 담장이 무너지겠군요.”

“바로 그래서 이 나무들은 계속 자라고 있는 겁니다. 나무들은 계속 자라나며 돌담을 밀 것이고, 부서진 돌들은 무너져내리겠지요. 창 던지는 자, 방책 제조인, 수레 제조인, 현악기 제조인, 선박 제조인에게 쓸모가 없는 나무들은 무용한 것들이 누리는 풍요로운 유용성을 맛보게 된답니다. 베르길리우스, 봄의 신선함, 당신을 귀찮게 하는 꿀벌들, 문학, 무료한 사람들, 약간 술에 취해 수음하는 사람들, 죽은 사람들, 열매들, 아이들, 개구리들, 달팽이들, 예술, 나 그리고 당신이 나무 그늘 속으로 더위를 피해 들어왔지 않아요.”

“죽은 자들이 더 이상 전혀 존재하는 게 아니라면, 생존자들이라고 해서 훨씬 더 존재하는 건 아니지요.” 툴루즈 사람이 나직한 목소리로 중얼거렸다. “대체로 하루에 죽 한 사발, 담장 한 모퉁이, 약간의 빛, 책 한 권이면 족합니다.”

“죽은 자들이 당신을 배은망덕하게 여기겠군요. 나의 주군께서는 내가 참을성이 부족하다고 생각하실 거구요.” 소피우스가 대꾸했다. "당신 말씀은 너무 어리석어요. 트리어엔 혼자 가십시오. 난 파리로 가겠어요."

날이 어두워지자 두 사람은 궁전으로 돌아왔다. 소피우스가 청동 화폐를 주었고, 학자는 달빛을 받으며 떠났다.

이틀 후 소피우스도 떠났다. 떠나면서 그는 두루마리 형태인 네 종류의 책들을 지니고 갔다. 그것은 티투스 루크레티우스 카루스의 『사물의 본성에 대하여』, 알부키우스 실루스[5]의 소설집, 푸블리우스 오비디우스[6]의 『변신 이야기』, 타키투스[7]의 『연대기』였다.

그는 엔 강을 따라 우아즈 강으로 가서, 그곳에서 배를 타고 파리의 구릉 지대로 갔다. 그리고 숲 변두리의 작은 집을 빌렸으며, 그곳에 기거하며 도시와 율리아누스 신전을 내려다보았다. 그가 가진 것이라곤 책을 읽기 위한 테이블이 하나 있었고, 생활은 과일 설탕 조림으로 그럭저럭 연명해나갔다. 포도나무를 한 그루 심었지만 돌보지는 않았다. 그는 소리 내어 책을 읽었다. 사냥꾼에게 부탁해 지붕을 경사지게 만든 후에, 그 밑에 통을 놓아 빗물을 저장했다. 파리 주민들이 그를 보러 올라와서, 자기 아이들에게 숫자와 고대 문자를 가르쳐달라고 청했다. 그래서 여자

---

**5** 알부키우스 실루스Albucius Silus(55년경~?): 로마의 수사학자.
**6** 오비디우스Publius Ovidius Naso(B.C. 43~A.D. 17): 로마의 시인. 『변신 이야기 *Metamorphoseis*』는 2인칭 운문으로 된 전 15권에 달하는 장시(長詩)이다. 신화나 전설 중에서 변신의 모티프가 있는 이야기들을 집대성한 것으로, 천지창조에서 율리우스 카이사르가 죽어 신으로 격상되기까지의 이야기가 연대순으로 기록되어 있다.
**7** 타키투스Publius Cornelius Tacitus(56년경~120년경): 로마의 웅변가, 작가, 역사가이다. 『연대기*Annals*』는 14~68년의 로마 역사를 다루고 있다.

아이 둘과 남자 아이 여덟 명을 가르치게 되었다. 부모들은 아이들이 받는 수업의 대가로 사냥한 고기, 생선, 낡은 단지에 담긴 포도주를 가져다주었다. 그는 그 포도주를 무척이나 좋아했다.

그렇게 평화로운 10년이 흘러갔다. 497년 어느 날 밤 툴루즈 사람이 그의 집 문을 두드렸다. 소피우스는 촛불을 밝히고, 그를 맞아들였다. 그를 포옹하고, 오래된 포도주를 한 사발 따라 내밀며 말했다.

"아! 당신이로군, 수다스러운 사람!"

수염이 텁수룩한 툴루즈 사람은 소피우스에게 다급한 목소리로, 왕이 그를 수소문한다는 사실을 전했다. 로마에 대한 기억은 필시 흩어져 사라져버렸을 터였다. 언어마저, 이교도의 언어라는 이유로, 악마의 언어로 간주되어 사라졌으니 말이다.

소피우스는 톨비아크 전투[8]에서 메로빙거 왕이 했던 서약[9]에 대해 이미 알고 있었다. 그는 점토 사발을 내려놓고, 콘스탄티누스 대제의 이름과 그의 꿈과 아주 이상하게 풀이한 해몽에 대해 언급했다.

모든 불행은 그리스 문자 토*T*를 중시했던 이 꿈에서 비롯되었다.

"문자 *키X*"라고 툴루즈 사람이 말했다.

"문자 *요타I*"라고 소피우스가 말했다.

---

**8** 독일 쾰른의 남서쪽에 있는 작은 마을. 이곳에서 클로비스가 알라만족(게르만족)을 무찔렀다.
**9** 기독교로의 개종을 말한다.

"남쪽으로 떠날 참이요. 세상 한복판에 있는 바다 위로 떠오르는 해를 만나러 갑니다." 툴루즈 사람이 말했다.

소피우스는 고개를 좌우로 저을 뿐, 한 마디도 하지 않았다.

툴루즈 사람은 허리와 손가락 마디마디가 쑤셔서 갈리아 지방의 기후를 더 이상 견딜 수 없다고 말했다. 또 지금은 겁에 질려 있으며 햇빛이 간절하게 그립다고 말했다. 두 사람은 옛날 학자들의 이름을 떠올리고 그들의 일화를 인용하면서 기쁨을 느꼈다. 트리어에서 온 툴루즈 학자는 한창 젊었을 때 나이 많은 여자와 정을 통했던 적이 있었다. 여자가 그에게 자랑한 바로는, 아우구스티누스가 아직 이교도였던 시절 밀라노에서 자신이 아우구스티누스의 성기를 빨아준 적이 있다는 기였다. 그는 또 올리브리우스[10]와도 교분을 가졌었다고 말하면서, 그의 근엄함과 덕목을 칭찬하며 그의 죽음을 몹시 애통해했다.

"옛 시절을 얘기하다 보면 아주 슬퍼지지요. 돌아가기를 꿈꾸게 되니까요." 소피우스가 말했다.

"로마까지 함께 가시겠어요?"

"난 폐허를 바라보며 기쁨을 느끼지 못해요. 난 철학자가 아니에요. 삶의 지속과 오늘의 쾌락을 추구하지요. 랭스[11]로 갈 작정이에요."

"미쳤군요. 프랑크인들이 당신을 찾고 있다니까요."

---

**10** 올리브리우스Anicius Olybrius(?~472): 부유한 원로원 의원이었으나, 단기간 서로마의 황제(472년 4월~11월 재위)를 지냈다. 당시 동로마 황제였던 레오는 올리브리우스를 정통 황제로 끝내 인정하지 않았다.
**11** 프랑스 북동부 샹파뉴아르덴 지방에 있는 도시.

"사는 게 피곤해요. 강렬한 빛에 눈도 시고요. 시아그리우스와 이야기를 나누고 싶어요. 죽은 자의 이웃이 되는 것이 죽음을 피하는 데 바쳐진 삶보다 아마 더 생기 있을 겁니다. 마지막 왕을 위해 재를 뿌리는 의식을 올리고 싶었어요. 바람에 실린 왕의 유해가 하늘 높이 올라가 투명한 원소가 되도록 말입니다. 그 원소가 우리의 얼굴을 감싸기도 하고, 그로부터 새끼들이 울음 소리를 내며 태어나기도 하겠지요. 때로는 폭풍의 중심부가 평화롭고 감미로운 품 안이 되기도 하는 법이에요. 더 이상 끊임없이 옮겨 다니며 숨어 살기가 싫군요. 무기력과 공포가 싫습니다. 그래서 서판(書板)과 필기구도 팽개쳐버렸어요. 방금 허물에서 벗어난 어린 나비들이 바르르 떨며 제 껍질을 버리듯이 말이지요. 현자들이 모두 도망친다면, 이 세상엔 단 한 명의 현자도 남지 않을 겁니다. 그들이 모두 달아나버리면, 사원들은 어떻게 그들을 쫓아가야 할까요? 나는 지금 몰려오는 구름을 가면으로 얼굴에 쓰려고 합니다. 구름의 다른 한쪽은 언제나 햇빛 속에 있게 마련이지요. 겁을 먹는다고 무슨 도움이 되나요? 이미 100번이나 침략당한 이 나라로 쳐들어오는 야만인들처럼 그렇게 질주해보았자 무슨 소용이 있나요? 내 육체는 불완전한 하찮은 작품에 불과해요. 숨결이 육체를 떠날 때 읽어보게 되겠지요. 그림자는 내 꿈들의 기억을 간직하고 길게 늘어날 겁니다. 약상자와 아름다운 기억이 내게 친구가 돼줄 테지요. 오랭[12]의 말로 입을 더럽히지 않더라도 난 말없이 사내애를 품거나 여자를 애무할 수 있을 거예

12 라인 강을 경계로 독일과 접한 프랑스의 알자스 지방(오랭과 바랭으로 나뉜다)의 일부.

요. 적이 나를 노리는 순간이 오면, 나는 일어나 주방으로 가서, 포도주를 접시에 따르고, 그 접시를 화덕에 올려놓고 데울 거예요. 그리고 그 안에 딱딱하게 굳어버린 빵을 담글 겁니다."

소피우스는 자신의 책들을 선물하려 했지만, 툴루즈 사람은 파랗게 겁에 질려 거절했다. 혹시 자신의 짐 속에서 누군가가 그 책들을 발견하고 자신을 죽일까 봐 두렵다고 심정을 털어놓았다. 기독교인들도 별종은 아니므로 충분히 그럴 수 있으리라 여겼다. 두 사람은, 예속을 끔찍이 싫어했던 테베레 강변의 옛 사람들이 하던 방식대로, 서로의 팔뚝을 밀착시켜 결별 인사를 나누었다. 죽기 전에 다시는 서로 볼 수 없으리라는 것을 알기 때문이었다.

툴루즈 사람이 떠나자, 소피우스는 자신이 가져온 시아그리우스의 책들을 혼자서 매 권 두 번씩 암송한 다음 불에 태웠다.

그런 다음 자신이 했던 말대로 실행에 옮겼다. 클로비스 왕은 이교도에 대한 일체의 기억을 금지했으므로, 그는 얼굴을 가렸다. 수도사로 변장하고 랭스로 갔다.

바실리카에서 예배를 드리는 동안 그는 두 손을 모으고, 불안에 떨며 시선을 고정한 채 자갈투성이 좁은 길을 올라가는 오르페우스의 모험담을 마음속으로 암송했다. 혹은 돌이 되어버린 에코의 전설[13]을 암송했다. 표정은 신중했고, 이마는 앞으로 튀어나와 있었다. 그러나 정신만은 길들일 수 없을 만큼 자유로웠다. 그는 전혀 입을 열지 않았으며, 그의 입을 열게 할 수도 없었다.

---

**13** 나르키소스와의 이룰 수 없는 사랑에 절망한 에코는 점차 여위어가다가 뼈만 남았고, 이 뼈도 가루가 되어 날아가버리자 목소리만 남았다고 한다. 그러나 어떤 전설에 따르면 뼈가 날아간 게 아니라 돌이 되었다고 한다.

동료 수사들은 그가 하느님과 너무 가까워서 성호를 긋는 일조차 잊어버린다고 말했다. 그들은 그에게 접근하지 않았을뿐더러 도리어 기피 구역과 금언 구역을 베풀어줄 정도였다.

그는 매일 1브아소[14]의 포도주를 마셨다. 그러다가 2브아소가 되었다. 사제단이 그의 행동을 묵인했던 이유는 그가 입을 열지 않고 고개만 끄덕였기 때문이다.

그의 마음에 괴로움은 없었다. 조용히 숨을 들이마셨다가 소리 없이 내쉴 뿐이었다. 그는 항상 눈을 내리깔고 다니는 겸손한 성자로 여겨졌다. 그가 벽에 걸린 우상을 쳐다보는 일은 거의 없었다. 그 우상은 죽음을 떠올리게 했다. 자유롭다고 자부하는 한 민족이 사형을 당하면서 신음하는 한 노예를 전능과 행복의 이미지로 선택했다는 사실을 그는 이해할 수 없었다. 그는 안뜰로 나가 나무 등걸에 기대고 쭈그리고 앉았다. 그럴 때면 나무 그늘의 어둠 속에서 두 눈을 크게 뜨곤 했다. 이따금 입술이 움직이는 것도 볼 수 있었다.

테오도리쿠스[15]가 보이티우스[16]의 목을 베었을 때도 그는 아

---

**14** 곡물을 재는 옛 용량 단위로서 약 13리터에 해당된다.

**15** 테오도리쿠스Theodoricus(454년경~526년): 동고트족의 왕. 488년에 이탈리아를 침략하여 493년까지 이탈리아 반도 전역과 시칠리아를 정복한 뒤, 이탈리아의 왕(493~526)이 되어 라벤나에 수도를 세웠다. 그러나 그가 독립된 왕으로 이탈리아를 다스렸는지, 콘스탄티노플에 있는 동로마 제국 황제의 신하로서 다스렸는지에 대해서는 논란이 있다. 그의 주요 통치 목표는 고트족과 로마인 간의 조화를 유지하는 것이었으며, 통치 말년에 로마인 학자 보이티우스를 죽인 일을 후회했다고 한다.

**16** 보이티우스Anicius Manlius Severinus Boethius(470/475년?~524년): 로마의 철학자. 정치가. 테오도리쿠스 왕을 찬양하는 뛰어난 연설을 한 웅변가로도 알려져 있다. 테오도리쿠스 왕 밑에서 모든 행정과 사법을 담당하기도 했는데, 비잔틴 제국의 황제인 유스티누스 1세와 내통한다는 의혹으로 왕의 총애를 잃었으며 결국 처형되었다.

직 살아 있었다. 그는 533년 랭스의 바실리카 주변에 있는 풀밭의 한 느릅나무 그늘 아래서 죽었다. 그는 주방에서 나와 선 채로 잠이 들었다가, 갑자기 쓰러졌다. 동료 수사들이 찬송가를 부르며 그의 죽음을 눈물로 애도했다. 레미기우스[17] 주교는 그보다 열이틀을 더 살았다.

17 레미기우스Saint Remigius(437년경~533년): 클로비스 1세를 개종시켜 프랑스 기독교를 크게 발전시킨 랭스의 주교.

프랑스 상스에 은둔해 있는
파스칼 키냐르를 찾아서
ⓒ 송의경 / 문학과지성사

제라르 드 파르디외가 주연한 「세상의 모든 아침」이라는 영화를 기억하는 사람은 있어도, 그 원작자인 파스칼 키냐르의 이름을 아는 사람은 많지 않다. 혹시 그가 『떠도는 그림자들』로 2002년에 공쿠르 상을 수상했다는 사실을 기억하는 사람이 있다 해도, 현재 프랑스 문단에서 그가 차지하는 중요성을 실감하는 사람은 많지 않을 것이다. 그것은 최근에서야 그의 몇몇 작품이—『은밀한 생 *Vie secrète*』(송의경 옮김, 문학과지성사, 2001) 『로마의 테라스 *Terrasse à Rome*』(송의경 옮김, 문학과지성사, 2002)—한국어로 옮겨져 소개되기 시작한 탓도 있지만, 사회와 철저히 단절한 채 은둔하는 그의 '은밀한' 삶의 방식 때문이기도 할 것이다.

파리에서 110킬로미터 떨어진 상스의 욘 강변에 위치한 키냐르의 은신처에 도착한 것은 6월 20일 오후, 약속 시간 5분 전이었다. 작은 나무문에는 '세게 두드릴 것'이라는 메모 한 장이 테이프에 매달려 흔들리고 있었다. 전화도 팩스도 이메일도 없는 것은 알았지만 초인종도 없다니…… 저절로 미소가 새어나왔다.

문을 두드리자, 검은색 바지에 검은 티셔츠를 받쳐 입은 키냐르의 섬약한 모습이 나타났다. 그를 따라 정원에 들어서니, 흰 탁자 위에 몇 권의 책과 종이, 만년필, 그리고 내가 보낸 편지들이 놓여 있었다. 아마도 기다리면서 글을 쓰고 있었던 모양이다.

정원 오른쪽의 별채에 음악실과 침실과 서재가, 왼쪽의 본채에 거실과 주방, 식당과 욕실이 있었다. 정원의 잔디밭은 욘 강에 바로 맞닿아 있었다. 그는 고개를 들면 흐르는 강물이 눈에 들어오는 자신의 자리에 앉아 오른편의 의자를 권했다. 벽면을 완전히 집어삼킨 담쟁이덩굴, 탁자 위에서 아치형의 지붕을 이루며 그늘을 드리우는 포도 덩굴, 잔디밭, 거대한 나무 한 그루. 키냐르와 그를 둘러싼 자연이 아무런 경계가 없는 하나의 풍경을 이루고 있었기 때문에, 나는 완벽한 조화를 비집고 들어온 어색한 존재가 되어버린 느낌으로 녹음기의 버튼을 눌렀다.

오랜 시간을 침묵과 고독 속에서 살아온 자 특유의, 불안을 담고 있으면서 한없이 맑고 깊은 눈길, 확산되어 주변을 가득 채우고 있는 투명한 존재감, 물이 흐르듯 이어지다가 문득 피로를 견디지 못해 갈라지는 낮은 목소리…… 단어 하나하나를 애정으로 어루만지듯 발음하는 그 목소리는, 마치 사전에 준비라도 한 듯 막힘 없는 답변을 내어놓았다.

대화는 그의 신경쇠약 증세를 고려해 한 시간 남짓으로 제한되었다.

**송의경**__본격적인 대화에 들어가기에 앞서, 먼저 한국어로 옮기면서 곤혹스럽거나 궁금했던 단어의 정의에 대한 질문을 드리겠습니다. 『떠도는 그림자들*Les Ombres errantes*』에서 빈번하게 사용되는 'ombre'라는 단어는 문맥에 따라 각기 다른 용어로 번역될 수 있을 것 같은데요. 가령 그림자, 그늘, 혼령, 어둠, 반영(反

影) 등으로 말입니다. 선생님께서는 주로 어떤 의미로 사용하셨습니까?

**키냐르**__아시겠지만, 나는 단어의 다성적(多聲的)인 울림을 즐기는 편입니다. 그래서 정확한 답변을 드리기는 곤란하군요. 프랑스어 'ombre'의 경우 무엇보다도 라틴어 'umbrae'를 떠올리게 하지요. 'umbrae'란 사자(死者)들의 모습이 살아 있는 자들의 꿈 속에 아직 이미지로 남아 있는 것과 완전히 사라져버린 것의 중간쯤에 해당하는 상태를 의미합니다. 또한 그늘, 어슴푸레함, 어둠의 의미도 가지고 있지요. 하지만 대부분의 경우 그림자 silhouette의 의미로 사용되었을 겁니다.

**송의경**__정작 'silhouette'란 단어는 이 작품에서 꼭 한 번 쓰셨던 데요. 어쨌든 저는 이 단어를 문맥에 따라 다양하게 옮겨도 되겠군요.

**키냐르**__물론입니다. 자유롭게 번역하세요. 왜냐하면 말이죠, 두 단어를 놓고 망설일 때 나는 언제나 음의 울림이 좋은 쪽을 택하지, 더 적확한 단어를 고르지는 않으니까요. 그러니 자유롭게 하세요. 『떠도는 그림자들』이라는 제목은 쿠프랭이 클라브생을 위한 곡에 붙인 이름이기도 하지요. 잠깐만 기다리세요(그는 일어나서 음악실인 듯한 방에 들어가 악보를 들고 나왔다). 여기 악보의 지시어를 보세요. 이 곡을 '나른하게' 연주하라고 되어 있지요. 제목 또한 'Wandering shades(떠도는/방황하는/배회하는 그림자들)'라고 영역(英譯)되었네요. 재미있는 점은 이 곡이 행진곡이라는 겁니다. 나른한 죽은 자들의 배회가 곧 행진인 셈이지요.

**송의경__**죽은 자들이 배회의 형식으로 행진한다는 것은 재미있군요. 행진이 연상시키는 일방향성에 대한 전복적 상상력이기도 하겠습니다. 그림자들이 '배회하는' 것으로서의 '행진'은, 과거-현재-미래라는 역사의 일방향성을 부정하는 선생님의 '시간' 개념과도 동일한 논리 구조를 가지고 있는 것으로 여겨지는데요. 시간에 대한 이야기에 앞서, 우선 개인의 삶에 대한 선생님의 구분을 살펴보기로 하지요. 『떠도는 그림자들』은 『마지막 왕국』이라는 연작소설의 제1권이기도 합니다. 선생님은 우리가 수태되어 어머니의 뱃속에 태아로 있던 시기를 '최초의 왕국'으로, 출생으로부터 죽음까지의 시기를 '마지막 왕국'으로 구분합니다. 특기할 만한 사항은, 이 두 왕국이 출생을 기점으로 명확히 양분(兩分)되는 것은 아니라는 점인데요. 선생님은 한 대담에서 이 두 왕국이 '어머니의 목소리'에 의해 이어진다고 언급하신 바 있습니다. 즉, 우리가 태아로서 어머니의 뱃속에 있을 때와, 우리가 태어나 언어를 습득하기 이전까지의 시기에 우리는 단지 어머니의 목소리를 '듣는' 존재로서 말 못 하는 infans 시기를 갖는다는 것이지요. 그렇다면 우리가 출생해서 언어를 습득하기 이전까지의 시기는 어떤 왕국에 속하는 것입니까? 이것이 제 두번째 질문입니다.

**키냐르__**참으로 좋은 질문입니다. 그 시기는 진짜로 통로예요. 잠깐 '나이 âge'에 대해 이야기해볼까요. 프랑스에서 일곱 살은 '철드는 나이 L'âge de raison'라고 합니다. 원래는 로마인들이 그렇게 말하기 시작했죠. 말 그대로 '이성이 생기는 시기'라는 의미입니다. 일곱 살이 되면 유아기가 끝나고 아동기가 시작되는 거지요. 나는 『마지막 왕국』의 한 권은 전적으로 '나이'를 재규정하는 데에 할애해볼 생각입니다. 정신분석과 우리의 체험이 도움을 주겠지요. 우리는 '나이'에 따라 매우 유동적인 존재이며, 이에 대해 진지한 정의를 부여해보는 것은 재미있는 일이 될 것입니다. 아무튼 두 종류의 왕국, 두 개의 세계가 존재한다는 것은 내게 무척 중요한 사실입니다. 이 두 왕국 사이에는 완전한 고통이자 정신적 외상인 어떤 것, 출생과도 흡사한 사건이 존재합니다. 바로 한 왕국에서 다른 왕국으로의 이주(移住)가 그것이지요. 우리가 이사를 할 때 대단히 조심하지 않으면 안 되는 이유는, 이사 역시 이 고통스러운 최초의 이주와 조금은 비슷하기 때문입니다. (웃음) 이제 당신의 질문에 대답을 하지요. 요즘은 어린애가 18개월쯤 되면, 비록 아직 완벽한 말을 하지는 못하더라도, 언어를 체득하기 시작한 것으로 우리는 간주합니다. 이때까지가 대략 최초의 왕국과 마지막 왕국 사이의 통로가 되는 시기이지요. 언어(특히 '어머니의 목소리')를 듣기는 하지만 말하지는 못하는 것은, 우리가 출생함으로써 벗어난 '최초의 왕국'의 특성이기도 합니다. 그런 의미에서 이 시기는 '최초의 왕국'에 보다 근접해 있다고 말할 수 있겠지요. 또한 출생 후 18개월, 길게는 3~4년에 이르기도 하는 이 시기는 '최초의 왕국' 이전에 존재하는, 내가 '옛날le jadis'이라고 부르는 무엇과 여전히 직접적인 연속성을 가질 수 있는 시기입니다. 우주의 시초를 오늘날은 폭발, 빅뱅, 공간으로 열리는 어떤 것으로 묘사하더군요. 이러한 시초 혹은 분출에는 시간성이 없으며, 내게 이 원초적 분출은 지금 이 순간에도 계속되고 있습니다. '최초의 왕국'은 이 원초적 분출, 혹은 '옛날'과의 연속성에 있습니다. 말 못 하는 어린아이 역시 이 연속성에 때때로 편입될 수 있지요. 그러나 일단 언어가 끼어들면 더 이상 그럴 수가 없습니다. 정리하자면, 언어 습득 이전의 어린아이는 왕국들 사이의 통로에 있다고 해야겠군요. '옛날'과의 연속성 속에 편입될 수 있다는 의미에서 '최초의 왕국'에 보다 가까이 있지만 완전히 그곳에 있는 것은 아니고, 그렇다고 아직 '마지막 왕국'에 속하는 것도 아닌 셈이지요.

**송의경**__인간은 '최초의 왕국,' 혹은 '최초의 왕국'에 근접한 통로의 시기에 있을 때에만 '옛날'과의 연속성에 편입될 수 있다고 하셨는데요. '최초의 왕국'이 개인의 삶에 귀속되는 것이라면, '옛날'은 선생님의 시간 개념에서 궁극적인 어떤 기원을 의미하는 것처럼 여겨집니다. 여기에 대해서 좀더 설명해주시겠습니까?

**키냐르**__고고학과 선사학(先史學)의 도움을 받아 '옛날'을 연구하고 있는데, 문제들이 꽤 복잡합니다. 물론 나는 복잡한 문제들이 야기하는 혼란을 진리보다 좋아하지만 말이죠. (웃음) 인간은 죽음을 예감할 수 있는 동물이면서, 성행위가 집단의 재생산과 관련된다는 것을 알아낸 유일한 동물입니다. 인간 이외의 동물들은 자신들의 성행위가 그들의 재생(자식이라는 형태로 말입니다)을 초래한다는 사실을 모르지요. 또한 인간은 태생 동물의 특성, 즉 어머니와의 합일에서 '둘로 분리'되는 것에 대한 감각을 가진 유일한 동물이기도 합니다. 두 세계, 즉 두 왕국에 대한 감각이라고 할까요. 부모의 성행위로부터 비롯되어 어머니의 뱃속에 존재하는 동안의 세계를 첫번째 왕국이라 한다면, 어머니로부터 분리되어 지금 우리가 이렇게 테이블 앞에 앉아 있는 대기권의 세계를 두번째 왕국이라 할 수 있겠지요. 세번째 세계는 죽음이 되겠지만 그것을 하나의 왕국으로 보기는 어렵습니다. 제가 첫번째 왕국을 '최초의 왕국'으로, 두번째 왕국을 '마지막 왕국'으로 부르는 까닭은 죽음 이후에는 아무것도 없다고 믿기 때문입니다.

한편 우리에게 익숙한 '시간'의 개념(과거-현재-미래로 이어지는 일방향적 시간 개념)과는 아주 다른 형태로, 나는 시간의 재구축을 시도했습니다. 이러한 재구축은 물론 언어가 있기에 가능한 것이지요. 인간의 언어는 모두 이분법적 대립 구조에 기대어 있습니다. 낮과 밤, 남자와 여자…… 나는 기원(起源)의 자리에 '옛날'을 설정했습니다. 그로부터 모든 것이 유래하는 궁극의 지점이지요. '옛날'은 비단 인간의 기원에만 관련되는 것은 아닙니다. 물질이나 공간처럼, 시간 속에서 전진하는 모든 것들의 궁극에 존재하지요. 공간이 시간 속에서 전진한다…… 아주 복잡하지요. 그런데 그게 바로 빅뱅, 즉 원초적 분출입니다. 복잡하면서 동시에 아주 단순해요. 원초적 분출이 일어나는 바로 그곳에, 상류에, 인간은 물론이고 조수(潮水)와 태양과 별들이 있기 훨씬 이전에, 그 모든 것들—우주 전체—이 혼재되어 퍼져 있는 것이 바로 '옛날'입니다. 이 '옛날'과 이분법적 대립을 이루는 것이 옛날 이후인 '과거'이지요. 내 작품에서 '옛날' 이후로는 모두 '과거'입니다. 그러나 이 이야기는 나중에 하기로 하지요. 아무튼 '옛날'은 앞서 말한 두 왕국과는 아주 다른 종류의 개념입니다. 우리는 두 왕국을 지닌 동물들이고, '옛날'은 자연 이전, 생명 이전에 존재하는 어떤 것, 궁극적인 공간과 시간에 관련되는 것입니다. 우리를 이 땅 위에 존재하게 한 원초적 분출 말이지요.

**송의경**__그렇군요. 번역자로서 '옛날'이라는 개념을 이해하기가 가장 까다로웠습니다. 이미 '옛날'과의 연속성이 끊어진 '마지막 왕국'의 거주민이기 때문이겠지요. (웃음) 그리고 보니, 수태된 날부터 어린아이의 나이를 계산하는 동양에서는 출생 이후부터 나이를 계산하는 서양보다 '최초의 왕국'에 대한 예민한 감각을 가지고 있었던 셈이군요.

**키냐르**__바로 그렇기 때문에 내 작품이 이곳에서보다 동양에서 이해를 더 잘 받습니다. 우리가 어처구니없게도 망각해버린 삶의 시간을 당신들은 고려에 넣고 있는 것이지요. 당신들이 전적으로 옳습니다.

**송의경**__그렇다면 우리가 이미 벗어난 '최초의 왕국'에 접근할 수 있는 방법, 그럼으로써 조금이나마 우리의 삶에 '옛날'을 솟아오르게 할 수 있는 방법은 무엇일까요?『은밀한 생』에서 제시하신 '침묵을 듣는' 일들이 그러한 접근 방법이 될 수 있을까요? 가령 독서라든가 사랑 같은 것들 말입니다.

**키냐르**__여러 가지 접근 방법이 있을 수 있겠지요. 우선 독서에 대해 이야기해볼까요. 나는 나 자신이 작가라는 느낌이 별로 안 듭니다. 작가라기보다는 독자라는 느낌이 훨씬 강하지요. 겸손이

나 겉멋치레로 하는 말이 아닙니다. 독서는 참으로 이상한 경험입니다. 사람들이 독서를 싫어하는 것도 이해가 되지요. 독서는, 자신의 정체성을 잃고 책 속의 다른 정체성과 결합한다는 점에서 충분히 무모한 경험이니까요. 우리는 자신이 읽고 있는 책 속에서 무슨 일이 벌어질지 알지 못하는 채로 그 세계에 뛰어듭니다. 우리의 언어가 아닌 다른 언어 속으로 들어가 태아처럼 변하기 시작하는 거지요. 전적으로 자신을 내맡기고, 어떠한 말도 하지 않게 됩니다. 독서란 한 사람이 다른 정체성 속으로 들어가 태아처럼 그 안에 자리를 잡는 행위라고 정리해둘까요. 고대인들이 다시 태어나기 위해 태아의 자세로 주검을 매장했던 것과 마찬가지지요. 나는 그렇게 믿고 있습니다. 독서에는 음악을 듣는 것보다 더 기묘한 최면 상태가 있는데, 이 상태에서 '최초의 왕국'에 접근할 수 있는 겁니다. 반면 글쓰기에는 의지가 개입되기 때문에 훨씬 덜 흥미롭지요. 하지만 책을 읽을 때에는 보다 수동적이 되어, 어디로 가게 될지도 모르는 채 자신을 온전히 내맡기지요. 한편 나는 요즈음 또 다른 접근 방법의 힘을 강하게 느끼고 있는 중인데, '자연의 관조'가 그것입니다. 몰아(沒我)의 경지에 가장 가까이 다가갈 수 있는, '최초의 왕국'이나 심지어 '옛날'에 다가 갈 수 있는 방법이지요.

**송의경**_그렇다면 사랑은 어떻습니까. 성행위를 통해서도 '최초의 왕국'에 접근할 수 있을까요?

**키냐르**_물론 그렇습니다. 에밀리 브론테의 『폭풍의 언덕』에 나오는 캐서린과 히스클리프의 성행위와 같은 것이라면 더욱 그렇겠지요. 그저 운동에 불과한 성행위가 아닌, 우리 자신을 수태한 원초적 성행위로까지 거슬러 올라가는 성행위 말입니다. 접근 방법들의 목록을 만들어야겠어요. 아마 한 열두세 가지 될 겁니다.

**송의경**_사랑에 대해 좀더 이야기해볼까요. '최초의 왕국'에 접근하는 방법으로서 언급하신 독서와 사랑에는 차이가 있군요. 혼자 하는 독서와는 달리 둘이 하는 사랑은 종종 비극을 초래하지 않나요?

**키냐르**_두 사람이어서 더 복잡해지는 것은 사실이지만 그래서 비극이 생기는 건 아니에요. 비극은 사회가 사랑을 용납하지 못하기 때문에 생기지요. 사회 혹은 공동체는, 두 구성원이 등을 돌린 채 그들만의 결속을 이루는 것을 참지 못합니다. 사회가 원하는 것은 각 계급의 구성원들이 일사불란하게 주어진 규칙에 따라 결혼을 하고, 자식을 낳음으로써 재생산에 참여하는 것이니까요.

비극은 연인들의 사랑에 있다기보다는, 그들이 사랑을 용납하지 않는 사회의 구성원이라는 사실에 있지요.

**송의경**__선생님의 작품에서는 대부분의 연인들이 첫눈에 강렬한 사랑에 빠집니다. 사회는 사랑으로 결속된 연인들에 대한 이분법적 대립항으로서 존재하곤 하지요. 하지만 현실에서는 라신의 작품에 나오는 식의 사랑의 비극도 빈번하지 않습니까. A는 B를 사랑하는데, B는 C를 사랑하는 식의 사랑 말입니다.

**키냐르**__맞아요. 사랑을 어렵게 만드는 많은 요소들이 있지요. 개인과 사회 간의 갈등이 있는가 하면 개인 간의 갈등, 혹은 각 개인 내부의 갈등도 있습니다. 나 역시 내 작품에 나오는 것과 같이 첫눈에 서로 강렬한 사랑에 빠진 경험은 하지 못했어요. (웃음) 그러나 우리는 모두 그런 사랑을 꿈꿉니다. 나는 사랑에서는 강렬한 소통이 가능하다고 믿고 있어요. 또한 비단 남자와 여자만이 첫눈에 반하는 것은 아닙니다. 동물들 역시 서로 매혹을 느낄 수 있지요. 사람들은 순식간에 어떠한 목소리에 사로잡히기도 합니다. 음식이나 장소에 매료되는 경우도 있어요. 예컨대 나는, 지금 우리가 앉아 있는 이 집에 처음 들어서는 순간 내 마음을 사로잡는 무언가를 즉시 알아차렸지요.

**송의경**__선생님과 이 집의 조화로움이 둘 사이의 소통에서 오는지도 모르겠군요. (웃음) 다음 질문은 『은밀한 생』과 이번 작품 『떠도는 그림자들』을 번역하면서 발견하게 된 특이 사항에 대한 것입니다. 선생님의 작품에서는 어떤 장(章)에는 제목이 있고 어떤 장에는 없습니다. 그러나 제목이 없는 장의 경우에도, 목차에

선 괄호에 넣어진 제목이 표기되어 있지요. 편집자는 본문에도 일관성 있게 모두 제목을 붙이고 싶어했지만 제가 선생님의 의사를 존중하자고 우겼습니다. 왜냐하면 제목이 없는 장의 경우, 그것은 독자가 그 장을 『은밀한 생』의 네미가 소리내지 않고 피아노를 연주하는 방식으로 읽어주기를 바라는 저자의 주문이라고 생각했거든요. 제목을 붙이거나 붙이지 않은 이유를 설명해주시겠습니까?

**키냐르**__참으로 아름다운 이미지로군요. 내가 의도했던 것보다 아름답습니다. 제목을 붙이거나 붙이지 않은 이유는 이렇습니다. 『마지막 왕국』에 속하는 책들에서 나는, 아무도 이해하지 못해노 내게는 중요한 시노를 하고 있습니다. 서로 어울리지 않는 잡다한 사실들, 전혀 다른 시간들, 매우 신기한 이야기들을 모아 하나의 흐름으로 융합시키는 것이지요. 글을 쓸 때 나는 액체가 지닌 것과 같은 유동성과 연속성을 담지하기 위해 무척 고심합니다. '최초의 왕국'이나 심지어 '옛날'에 도달하기 위해서는 유연한 흐름이 반드시 필요하니까요. 장과 장 사이, 장면들 사이, 사실과 허구 사이에 흐름을 방해하는 무엇이 있으면 안 되는 거지요. 그래서 나는 인용을 하면서도 인용 부호를 붙이지 않거나 내 마음대로 정정하곤 합니다. 글에 융합된 느낌을 주기 위해서 말이지요. 때로 제목이 없어지는 것도 마찬가지의 이유에서입니다. 내게는 늘 강이 필요해요. 흐르는 강물을 보며 작업합니다. 나는 내가 쓰는 글이, 비록 단장(斷章) 형식을 취하고 있지만, 저 강물처럼 융합되어 흐르기를 바랍니다.

**송의경**__저 역시 앞으로 번역할 때에 저 강물의 흐름을 떠올리게 될 것 같군요. 다음 질문을 드리겠습니다. 선생님의 작품들은 읽기가 쉽지 않다고들 하지요. 게다가 라틴어나 그리스어 같은 고대 언어나 고대 역사의 잘 알려지지 않은 사실들이 섞여 있어 많은 주(註)를 필요로 하기도 합니다. 이런 것들이 선생님의 작품에 접근하는 것을 어렵게 만들기도 하는데요. 선생님께서는 어떤 독자층을 염두에 두고 글을 쓰시는지요?

**키냐르**__독자들이 많으면 무척 기쁘지만 없다고 해도 이해합니다. 내가 쓴 책이 팔린다는 사실이 내게는 축복과도 같아요. 언제나 팔리는 건 아니니까요. 내가 쓴 많은 책들이 팔리지 않았고, 처음에는 출판조차 어려웠지요. 나는 나처럼 독서를 생명 유지에 필수적인 욕구로 느끼는 단 한 사람의 독자를, 그의 두 눈을 떠올리며 글을 씁니다. 그러니 공연히 주를 다느라 애쓰지 마세요. 자유롭게 번역하라고 당부드리고 싶습니다. 이해하기 어려운 문장이나 흐름에 방해가 될 주는 과감히 삭제하라는 거지요. 불성실을 권유하는 게 아닙니다. 작가인 나에게나 번역가인 당신에게 동일한 문제는, 우리가 사용하는 단어들, 우리가 쓰는 문장들이 깊이를 지녀야 한다는 것이지요. 나는 누군가를 프랑스어로 깊이 감동시켜야 하고, 당신은 누군가를 한국어로 깊이 감동시켜야 합니다. 단지 이 사실만이 중요합니다. 그러니 필요하다면 망설이지 말고 가위질을 하세요. 진심으로 하는 말입니다.

**송의경**__감히 그러지 못할 것 같은데…… 참고하겠습니다. 다음 질문으로 넘어가겠습니다. 선생님의 작품들은 대부분 고대 로마나 르네상스 시대를 배경으로 하고 있지요. 특히 르네상스는 선생님께 영감의 원천이 되는 중요한 시기인 듯합니다. 특별한 이유가 있습니까?

**키냐르**__내게 르네상스는 17세기라는 특정한 어느 한 시기만을 의미하지 않습니다. 유년기에, 그리고 성년이 되어서도 우울증과 여러 차례의 신경쇠약을 경험한 나에게, 출생naissance, 혹은 재출생renaissance이란 삶보다 중요하고 또한 아름다운 '존재의 사건'이라고 우선 말하고 싶군요. 서양의 사상가들은 삶에 가치를 두었지요. 니체가 그 마지막 사상가였을 겁니다. 내 생각은 달라요. 인간의 삶에서의 출생 혹은 재출생, 자연에서의 새벽aube 혹은 다시 온 새벽re-aube, 봄〔春〕…… 이 모든 것엔 파열되는 무엇이 있고, 그 뒤를 이어, 알 수 없는 새로운 어떤 것이 다가옵니다. 우리는 한기를 느끼고, 숨을 쉬기 시작하며, 마침내 최초의 빛을 바라보게 되지요. 이러한 장면을 떠올릴 때마다 나는 감동으로 말문이 막히게 됩니다. 비단 개인의 삶에서뿐만이 아닙니다. 모든 사회 역시 저마다의 부활renaissance을 갖게 되지요. 그것은 언어의 부활을 통해 이루어지곤 합니다. 나는 종종 사전에서도 사라진 단어들을 불러내지요. 내 할아버지(유명한 언어학자인 샤를 브뤼노)는 라틴어로 박사 논문을 쓰셨습니다. 사라진 언어를 불러낸다는 것은, 그 언어뿐만 아니라 그 언어를 사용하던 문명을 부활시키는 것이기도 합니다. 이제는 사라진 자들과 그들의 문명에 대한 경외심 때문이기도 하겠지요. 있는 그대로의 사어(死語)를 불러내지 않는 경우에도, 현재의 언어에 단지 그림자를 드리움으로써 부활하는 언어와 문명도 있을 수 있습니다. 프랑스어는 라틴어에서 유래했지요. 프랑스어를 말하는 것은, 식물의 뿌리가 물과 자양분을 빨아올리듯, 끊임없이 라틴어의 그림자, 우리의 원천을 흡수하는 일이기도 합니다. 이때 라틴어는 프랑스어를 통해 자신의 르네상스를 진행시키고 있다고 말할 수 있을 거예요. 이런 현상은 우리의 사회 자체가 두 세계에 걸쳐 있음을, 뿌리는 예전 왕국에 그리고 몸통은 지금의 왕국에 있음을 증명합니다. 내게 르네상스가 특별한 의미를 지닌다면, 그것은 내가 르네상스로부터 '마지막 왕국'에 드리워진 '최초의 왕국'의 그림자를 발견하기 때문일 겁니다. 적절한 대답이 되었는지 잘 모르겠군요.

**송의경**__프루스트는 개인 차원의 '잃어버린 시간'을 다시 떠오르게 했습니다. 선생님께서도 『마지막 왕국』에서 '시간'을 다루고 계신데, 그것이 인류 차원의 잃어버린 시간을 되찾기 위한 시도라고 이해해도 될까요?

**키냐르**__아닙니다. 그런 일은 가능하지 않아요. 내가 할 수 있는 일은 모든 것을 문제시하는 것뿐이죠. 심층에 천착할 수는 있지만 심층이 이해될 만한 것으로 떠오르는 건 아닙니다. 어느 누구에게도 그런 일은 불가능하지요. 나는 누군가가 인류 전체의 진실을 다룰 수 있다고 믿지 않습니다. 한 남자가 한 여자의 총체적인 진실에 대해 말할 수 없는 것과 마찬가지지요. 진실이란 매우 분열된 상태에 있는 것이니까요. 나는 분열된 진실, 결코 다가갈 수 없는 진실을 문제시함으로써 그것에 조금 접근하는 책을 쓰고

싶었습니다.

**송의경**__그것이 작가의 숙명일지도 모르겠습니다. 선생님의 저작을 처음 대하는 독자에게라면 어떤 작품을 권하시겠습니까? 꼭 한 권일 필요는 없습니다.

**키냐르**__두 권이라면, 『섹스와 공포 *Le Sexe et l'effroi*』와 『은밀한 생』을 권하겠습니다. 한 권이라면 동화conte가 좋겠는데…… 아, 『혀끝에서 맴도는 이름 *Le Nom sur le bout de la langue*』을 권하겠어요. 나는 그 책에 많은 이야기들을 집어넣었지요. 그렇게 많은 동화를 쓸 수 있다는 사실에 나 자신이 가장 놀랄 정도였어요. 신기한 기분이었지요. 난 그와 같은 형식(동화)이 무척 마음에 듭니다.

**송의경**__『섹스와 공포』는 한국에서도 곧 출간될 예정입니다.

**키냐르**__『섹스와 공포』와 『은밀한 생』은 2부작입니다. 내 나름으로 인류 역사의 2천 년을 조망해보려는 시도였지요. 내가 『섹스와 공포』를 쓰기 시작한 것은, 기독교가 우리의 쾌락을 어떠한 방식으로 청교도적인 것으로 변화시켜왔는지를 살펴보기 위해서였습니다. 회화(繪畵)를 통해서 말이지요. 하지만 중세에서 멈추고 말았습니다. 중세에서 현재까지의 그림들이 내게는 이전의 그림들만큼 흥미롭지 않았기 때문이에요. 그후 내가 심하게 앓고 난 다음(키냐르는 1996년 1월 갑작스런 심한 출혈로 죽음의 문턱에까지 갔다가 가까스로 다시 삶으로 귀환한다), 나는 내게 적합한 글쓰기의 형식을 발견했고, 그 형식을 통해 『섹스와 공포』를 보완하는 『은밀한 생』을 완성할 수 있었습니다.

**송의경__**약속된 한 시간이 이미 지났군요. 피곤하실 텐데 죄송합니다. 마지막으로 한 가지 질문을 더 드릴까 하는데요. 어느 대담에서 선생님은 연작물로 기획된 『마지막 왕국』에는 의도된 순서가 있으며, 따라서 독자들이 가급적 순서대로 읽어주기를 바란다고 말씀하셨지요. 간략하게나마 그 순서에 대해 말씀해주시겠습니까?

**키냐르__**먼저, 그 대담에서의 내 답변이 그리 정확하지는 않았다는 고백부터 해야겠군요. 당시에는 아직 『마지막 왕국』에 대한 전체적인 전망이 있지 않았습니다. 지금은 일정한 계획을 가지고 있지요. 내가 충분히 오래 산다면, 『마지막 왕국』은 모두 열다섯 권 내지는 열여섯 권이 될 예정입니다. 처음에는 그보다 짧으리라고 예상했었지요. 내가 『마지막 왕국』에 대해 생각하게 된 것은, 병원에서 투병 생활을 하며 『은밀한 생』의 형식을 발견하고 그 책을 완성하게 된 다음입니다. 『은밀한 생』은 『마지막 왕국』의 제8권이나 제9권이 될 예정인데, 『은밀한 생』을 쓸 당시에는 물론 그 사실을 알지 못했지요. 가장 먼저 쓴 책이 제8권이 된다는 의미에서 본다면 독자에게 강요할 만한 순서 같은 것은 없다고 말할 수도 있겠습니다. 사실 독서의 순서라는 것은 작가가 정할 만한 것은 아니겠지요. 각자가 읽고 싶은 책부터 시작하면 됩니다. 『마지막 왕국』에 속하는 각 권들은 우주를 바라보는 각기 다른 창(窓)들이라 할 수 있습니다. 어떤 창들은 극도로 폭력적인 일들과 가장 비극적인 일들을 향해 열려 있지만, 처음부터 그 창들을 열어 보일 수는 없었지요. 2년 후에는 천국을 향한 창을 우선 열어 보이고 싶은 생각입니다. 즐거움과 환희가 가득할 겁니다. 그 다음에는, 지옥에 대해 이야기할 작정입니다.

**송의경**__모든 창들이 열린 장관(壯觀)을 보고 싶군요. 대단한 작업이 되리라 예상합니다. 그러나 무엇에 대해 쓴다는 것은 그 무엇을 다시 체험하는 것이라고 할 때, 지옥에 대해 이야기하는 것은 매우 고통스러운 일이기도 할 텐데요.

**키냐르**__하지만 거리를 두는 일이기도 하지요. 고통을 다시 체험하는 데에서 그치는 것이 아니라, 고통으로부터 멀어지는 방법이기도 합니다. 몰아내기 위한 글쓰기, 떼어놓기 위한 글쓰기……읽는 자를 그것으로 채우지 않으면서 쓰는 자에게서 빠져나가는 거지요. 글이 지닌 장점이라고 할 수도 있겠습니다.

**송의경**__고통에 대해 이야기함으로써 그것으로부터 자유로워지는 것이군요. 잘 알겠습니다. 『마지막 왕국』은 이제 4권을 집필하셨고, 한국에서는 그 중 『은밀한 생』과 『로마의 테라스』가 번역되었습니다. 아직 열릴 창들이 많다는 것은 프랑스의 독자들이나 한국의 독자들 모두에게 기대되는 일이 아닐 수 없습니다. 저 역시 한 사람의 독자로서 『마지막 왕국』의 완성을 기대합니다. 선생님께서 죽는 날까지 『마지막 왕국』을 집필하겠다고 말씀하셨는데 저 역시 죽는 날까지 『마지막 왕국』을 번역하고 싶다는 바람을 갖게 되는군요. (웃음) 긴 시간 대화에 응해주셔서 감사드립니다.


녹음기를 끈 후 우리는 키냐르의 서재로 향했다. 음악실 옆

의 침실을 통과하자, 정원과 욘 강이 내다보이는 창이 있는 서재
가 나타났다. 그는 내게 자신의 책 세 권을 주었고, 서신으로 보
냈던 내 질문과 관련된 답을 줄 수 있는 중국 작가의 책 한 권을
더 주고 싶어했다. 우리는 함께 열심히 그 책을 찾았지만 숨어버
린 '회색의 얇고 작은 책'은 나타나지 않았다. 책을 찾으면 우편
으로 보내주겠다는 그의 말에 나는 언제든 '내 책'을 직접 찾으러
오겠다고 대답했고, 그렇게 해서 다음 만남은 잠정적인 합의가
이루어진 셈이 되었다.

다시 정원으로 나와 우리는 욘 강을 바라보며 잠시 사담을
나누었다. 그는 여전히 매일 악기를 연주한다고 했다. 그러나 손
가락 관절에 생긴 병 때문에 손가락을 구부릴 수 없어서, 피아노
는 칠 수 있지만 첼로를 연주할 수는 없다며 아쉬워했다. 『은밀
한 생』에 나오는, 욘 강변을 누비고 다니던 그의 고양이는 벌써
죽었다고 했다.

그의 은신처를 나서다가 힐끗 뒤돌아보니, 문 위에 붙어 있
던 메모지는 이미 사라지고 없었다. 내 마음을 읽은 듯, 배웅을
나온 키냐르가 웃으며 말했다. "필요할 때에만 붙이는 거예요."

* 이 글은, 『떠도는 그림자들』의 한국어판 출간과 관련하여, 그의 작품을 꾸준히 번역해
  오고 있는 번역가 송의경씨가 지난 6월 말, 키냐르 초대를 받아 만난 자리에서 직접
  주고받은 이야기들을 정리한 것이다. (편집자)

1948    4월 23일 프랑스 노르망디 지방의 베르뇌유쉬르아브르(외르)에서 출생했다. 음악가 집안 출신의 아버지와 언어학자 집안 출신의 어머니 사이에서 키냐르는 어릴 때부터 자연스럽게 식탁에서 오가는 여러 언어(프랑스어, 독일어, 영어, 라틴어, 그리스어)를 습득하고, 여러 악기(피아노, 오르간, 바이올린, 비올라, 첼로)를 익히면서 자라난다.

1949    가을, 18개월 된 어린 키냐르는 여러 언어를 사용하는 집안의 분위기에서 기인된 혼란 때문에 자폐증 증세를 보이기 시작하고, 언어 습득과 식사를 거부한다. 우연히도 외삼촌의 기지로 추파춥스 같은 사탕을 빨면서 겨우 자폐증에서 벗어난다.

1950~58    이 기간을 르아브르에서 보내게 된다. 형제자매들과 전혀 어울리지 못하고 늘 혼자 지내기를 즐긴다.

1965    다시 한 번 자폐증을 앓는다. 이를 계기로 그는 작가로서의 소명을 깨닫는다.

1966    세브르 고등학교를 거쳐 낭테르 대학에 진학한다. 그 후 에마뉘엘 레비나스, 폴 리쾨르, 장 프랑수아 리오타르, 앙리 르페브르 등의 강의

를 듣고, 레비나스의 권유로 「앙리 베르그송의 언어」라는 제목의 논문을 제출하고 1968년 철학 석사학위를 받는다. 1966년에서 1969년까지 실존주의와 구조주의의 물결, 68혁명의 열기 속에서 철학을 공부했지만 그는 이러한 이념들의 정신적 유산을 완강히 부인한다.

1969    결혼을 하고, 뱅센 대학과 사회과학 연구원에서 잠시 고대 프랑스어를 가르치며, 첫 작품 『말 더듬는 존재』를 출간한다. 이후, 확실한 시기는 알려진 바 없지만, 아버지가 되면서 이혼을 한다.

1976    갈리마르 출판사에서 기획 편집자 겸 원고 심사위원직을 맡게 되고, 1989년에는 출간 도서 선정 심의위원으로 임명되며, 이듬해인 1990년에는 출판 실무 책임자로 승진하여 1994년까지 업무를 계속한다.

1987    1987년부터 1992년까지 베르사유 바로크음악센터 임원으로 활동한다.

1990    단편소설, 에세이 등을 포함하여 20권 예정으로 기획한 『소론집』 중 제1권에서 제8권까지 총 8권이 마에그트 출판사에서 출간된다.

1991    소설 『세상의 모든 아침』을 출간하고, 이 작품을 자신이 직접 시나리오로 각색해 알랭 코르노 감독과 함께 영화로도 만든다. 책은 18만 부가 팔렸으며 영화 또한 대성공을 거둔다.

1992    영화 「세상의 모든 아침」에서 생트 콜롱브의 제자인 마랭 마레의 음악 연주를 맡았던 조르디 사발과 더불어 콩세르 데 나시옹을 주재한다.
        필립 보상, 프랑수아 미테랑 전 대통령 등과 함께 '베르사유 바로크 예술 페스티벌'을 창설하지만, 1년밖에 지속하지 못한다. 더욱이 이 페스티벌은 베르사유 바로크음악센터와는 별개의 것으로, 음악센터에서 운영하는 베르사유 추계 음악 페스티벌과 경쟁 관계에 놓여 키냐르가 음악센터의 임원직을 사임하는 이유가 된다.

1993    『혀끝에서 맴도는 이름』을 출간한다. 당시 언론에서는 이 작품을 일제히 아구스티나 이스키에르도(Agustina Izquierdo)의 두번째 소설인 『순수한 사랑』(첫번째 소설은 1992년에 발표된 『별난 기억』)과 나란히 소개하는데, 이스키에르도가 키냐르의 가명일 것이라는 확신에 가까운 추측 때문이었다.

1994    집필에만 열중하기 위해 일체의 모든 공직을 사임하고 세상의 여백으로 물러나 스스로 파리의 은둔자가 된다.

1995    손가락에 이상이 생겨 더 이상 악기 연주가 곤란해진다. 설상가상으로 조부와 부친에게서 물려받은 악기인 스트라디바리우스를 모두 도난당하자 크게 상심하여 연주를 포기한다. 이후 음악을 연주하던 시간이 책읽기와 글쓰기에 바쳐진다.

1996    1월, 『소론집』과 장편소설을 집필하던 중 갑자기 심한 출혈로 인해 응급실에 실려갔다가 죽음의 문턱에서 귀환하는 경험을 한다. 이 경험을 전환점으로 그의 글쓰기는 크게 변화된다. 그는 즉시 모든 일을 중단하고 이제까지와는 다른 새로운 글쓰기를 기획한다.
건강을 회복한 후, 일본과 중국으로 여행을 떠난다. 특히 장자의 고향인 중국 허난 성의 상추(商邱)를 방문했던 기억과 고대 중국 철학(도교)의 영향이 집필 중이던 『은밀한 생』에 반영된다.

1998    새로운 글쓰기의 첫 결과물인 『은밀한 생』이 출간되고, 그해 '프랑스
        문인협회 춘계 대상'을 받는다.

2000    1월, 『로마의 테라스』가 출간되고, 이 소설로 키냐르는 2000년 '아카
        데미 프랑세즈 소설 대상'과 '모나코의 피에르 국왕 상'을 동시 수상
        한다. 이로 인해 2억 4천만 원에 달하는 상금과 함께 출간 즉시 4만
        부 이상이 팔려나가는 큰 성공을 거둔다. 이후 1년 6개월 동안 죽음
        이 우려될 정도로 심한 쇠약 증세에 시달리면서, 연작소설로 기획된
        『마지막 왕국』의 집필에 들어간다.

2001    부친이 사망한다. 키냐르는 비로소 부친에게서 받은 성(姓)—사회
        에 편입된 존재라는 표지—으로 인한 부담, 부친의 기대의 시선에서
        풀려나 완전히 자유로워졌다고 고백한다.

2002    『마지막 왕국』의 제1, 2, 3권을 동시 출간하고 1권인 『떠도는 그림자
        들』로 공쿠르 상을 수상한다.

2004    『마지막 왕국』의 제4, 5권을 동시 출간한다. 현재 그는 파리의 아파
        트와 욘 강변의 전원 주택 사이를 오가며 『마지막 왕국』의 다음 권들
        을 쓰고 있다. 그는 새벽에 일어나서 아침 여덟 시간을 온전히 독서
        와 글쓰기에 바치고 있다. 참고로 그는 왼손잡이이며, 자신의 왼손을
        그의 가명으로 추정되는 아구스티나 이스키에르도—Izquierdo란
        카스티야어로 '왼쪽'의 의미—라는 여자 이름으로 호칭한다.

L'être du balbutiement(Mercure de France, 1969)

Alexandra de Lycophron(Mercure de France, 1971)

La parole de la Délie(Mercure de France, 1974)

Michel Deguy(Seghers, 1975)

Echo, suivi d'Epistolè d'Alexandroy(Le Collet de Buffle, 1975)

Sang(Orange Export Ldt., 1976)

Le lecteur(Gallimard, 1976)

Hiems(Orange Export Ldt., 1977)

Sarx(Maeght, 1977)

Les mots de la terre, de la peur, et du sol(Clivages, 1978)

Inter Aerias Fagos(Orange Export Ldt., 1979)

Sur le défaut de terre(Clivages, 1979)

Carus(Gallimard, 1979)

Le secret du domaine(Éd. de l'Amitié, 1980)

Les tablettes de buis d'Apronenia Avitia(Gallimard, 1984)

Le vœu de silence(Fata Morgana, 1985)

Une gêne technique à l'égard des fragments(Fata Morgana, 1986)

Ethelrude et Wolframm(Claude Blaizot, 1986)

Le salon du Würtemberg(Gallimard, 1986)

La leçon de musique(Hachette, 1987)

Les escaliers de Chambord(Gallimard, 1989)

Albucius(P.O.L, 1990)

Kong Souen-long, sur le doigt qui montre cela(Michel Chandeigne, 1990)

La raison(Le Promeneur, 1990)

Petits traités, tomes I à VIII(Maeght, 1990)

Georges de La Tour(Éd. Flohic, 1991)

Tous les matins du monde(Gallimard, 1991)

La frontière(Éd. Chandeigne, 1992)

Le nom sur le bout de la langue(P.O.L, 1993)

L'Occupation américaine(Seuil, 1994)

Les Septante(Patrice Trigano, 1994)

L'Amour conjugal(Patrice Trigano, 1994)

Le sexe et l'effroi(Gallimard, 1994)

La nuit et le silence(Éd. Flohic, 1995)

Rhétorique spéculative(Calmann-Lévy, 1995)

La haine de la musique(Calmann-Lévy, 1996)

Vie secrète(Gallimard, 1998)

Terrasse à Rome(Gallimard, 2000)

Les Ombres errantes(Grasset, 2002)

Sur le Jadis(Grasset, 2002)

Les Abîmes(Grasset, 2002)

Tondo(Flammarion, 2002)

Les Paradisiaques(Grasset, 2004)

Sordidissimes(Grasset, 2004)

Pour trouver les enfers(Galilée, 2005)

Ecrits de l'éphémère(Galilée, 2005)

Inter Aerias Fagos, avec Valerio Adami(Galilée, 2005)

Villa Amalia(Gallimard, 2006)

L'enfant au visage couleur de la mort(Galilée, 2006)

Le petit Cupidon(Galilée, 2006)

Triomphe du Temps(Galilée, 2006)

키냐르에 관한 단행본 연구서


Revue des sciences Humaines, No. 260, Octobre-Decembre 2000(Lille, 2000)

BLANCKEMAN, Bruno, *Les récits indécidables: Jean ECHENOZ, Hervé GUIBERT, Pascal QUIGNARD*(Paris: Presse Universitaire du Septentrion, 2000)

MARCHETTI, Adriano(sous la direction), *Pascal Quignard: La mise au silence* (Mayenne: Champ Vallon, 2000)

FARASSE, Gérard, *Amour de Lecteur*(Paris: Presse Universitaire du Septentrion, 2000)

BONNEFIS, Philippe, *Pascal Quignard son nom seul*(Paris: Galilée, 2001)

LAPEYRE-DESMAISON, Chantal, *Pascal Quignard le solitaire*(Paris: Éd. Flohic, 2001)

LAPEYRE-DESMAISON, Chantal, *Mémoires de l'origine(Essai sur Pascal Quignard)* (Paris: Éd. Flohic, 2001)

LYOTARD, Dolorès, *Cruauté de l'intime*(Paris: Presse Universitaire du Septentrion, 2003)

Pascal Quignard, figures d'un lettré(Galilée, 2005)